보존과 창조

보존과 창조

현대시조의 시학

초판 1쇄 발행 2020년 11월 30일

지은이 구모룡
펴낸이 강수걸
편집장 권경옥
편집 박정은 최예빈 윤은미 강나래
디자인 권문경 조은비
펴낸곳 산지니
등록 2005년 2월 7일 제333-3370000251002005000001호
주소 부산시 해운대구 수영강변대로 140 BCC 613호
전화 051-504-7070 | 팩스 051-507-7543
홈페이지 www.sanzinibook.com
전자우편 sanzini@sanzinibook.com
블로그 http://sanzinibook.tistory.com

ISBN 978-89-6545-688-9 03810

* 책값은 뒤표지에 있습니다.
* 이 도서의 국립중앙도서관 출판예정도서목록(CIP)은 서지정보유통지원시스템 홈페이지(http://seoji.nl.go.kr)와 국가자료공동목록시스템(http://www.nl.go.kr/kolisnet)에서 이용하실 수 있습니다.(CIP제어번호: CIP2020050769)

산지니평론선 • 16

보존과 창조

현대시조의 시학

구모룡 지음

| 책 머리에 |

이 책은 현대시조를 옹호하기 위한 목적을 지닌 작업은 아니다. 삶의 구체적인 상황에 주체적으로 대응하는 시인의 경험과 의식의 소산이 형식으로 발생한다는 관점에 설 때 시조라는 형식은 그 역사적 소임을 거의 다한 주변 장르에 가깝다. 1920년대 문화 민족주의가 소환한 시조 부흥은 민요 운동과 더불어 각기 민족과 민중의 이름으로 맥락을 형성하였다. 둘 다 기존의 양식을 통하여 시대의 요청에 부응한 셈이다. 어느 경우든 형식의 새로움을 요구하는 현대성의 흐름을 충족하지 못한다. 물론 정처를 잃은 30년대 모더니즘을 이들의 맞은편에 세울 생각은 없다.

우리 문학을 설명하는 방식으로 단순하고 추상적이지만 흔히 둘을 든다. 그 하나가 보존과 창조이고 다른 하나가 저항과 창조이다. 질곡의 민족사에서 보존은 그 자체로 창조로 전환되었다. 이를 나는 조윤제, 조지훈, 김동리를 살펴서 확인한 바 있다. 대개 유기론의 계보에 속한다. 다음으로 제국주의와 독재에 맞서 저항하는 시적 수행이 바로 창조에 상응하는 국면이다. 주지하듯이 한국 문학사는 이와 같은 저항의 창조성에 더 큰 무게를 두었다. 하지만 보존과 저항이 서로 대립하는 형질일 수 없다는 지점도 중요하다. 조지훈, 이육사, 신석초 등의 시인들에게 있어서 보존하는 일과 저항하는 일을 구분하기 어렵다. 때론 보존과 저항은 상반의 관계가 아니라 상생의 관계를 표출한다.

태야(台也) 최동원 선생에게서 시조를 배울 때 나는 그의 방법이나 사상의 기저에 유물론이 자리하고 있지 않나 궁금했다. 석사과정 수업 내내 세계관을 강조하였기 때문이다. 1980년대 초반 당시 우리는 세계관을 칼 만하임의 지식사회학이나 뤼시앙 골드만의 발생구조론 그리고 몰래 읽어야 했던 루카치를 통해 그나마 조금 접할 수 있었을 뿐이다. 여하튼 시조를 계급과 그 계급의 세계관이 지닌 미학적 상동성으로 설명하였다. 내가 현대시조를 생각할 때 이와 같은 물적인 문제가 항상 풀리지 않는 과제로 떠오른다. 현대시조의 현대성은 가능한가? 현대시조를 쓰는 시인의 세계관은 어떠한가? 시조 형식을 차용하거나 패러디하여 현대의 시조 시인이 얻으려 하는 시적 목표는 무엇일까? 정해진 율격을 이격하는 율동은 어디에서 유발하는가? 나아가서 개별 시인들의 정치적 입장은 어떻게 표출되고 있는가? 현대시조가 삶과 시에서 안정의 위치를 유지하려는 양수겸장의 욕망에 그치지 않는다는 전제를, 적어도 나는 믿고 싶었다. 어쩌면 이러한 물음을 다시 묻는 방식이 나의 시조 평론이라 할 수 있겠다.

솔직하게 말하여 나는 자발적으로 시조 평론에 개입하지 않았다. 이런저런 계기를 추수하였다는 게으른 측면이 많다. 특히 이우걸 시인은 틈날 때마다 현대시조 공부를 강조하였다. 아주 오래전에 염동근 시인이 내게 요청한 일도 기억이 난다. 김보한 시인과 초정 김상옥 선생을 기념하는 일을 하면서 시조를 떠날 수 없었다. 이미 초정론을 쓴 바 있으나 그의 미학을 공부하는 일은 아직 놓지 않았다. 어떻게 보면 이 책은 현대시조 평론에 관한 나의 성마른 결산에 가깝다. 문제만 제기하고 답을 제시하지 못한 부분도 적지 않다. 글에 따라서 시차도 있고, 서너 편은 이번 출간을 위하여 고쳐 수록하였다. 다시 현대시조에 대한 글을 쓰겠지만 여기서 더 나아갈 수 있을지 자신할 수 없는 심경이다. 이 점을 독자들이 양해하며 읽어주길 바란다.

서문을 비롯하여 3부로 책을 구성하였다. 서문은 태야 선생에게서 얻어온 기억을 환기한다. 실제 이로부터 더도 덜도 나아가지 못하고, 아니 나아갈 수도 없는 시조시학의 곤경을 말하고자 함이다. 1부와 2부는 이론과 방법을 다루었고 3부는 시인론을 모았다. 주위에 좋은 시조 시인들이 있어서 행복한 글쓰기를 지속할 수 있었다. 이를 감사한다. 이번에도 산지니 강수걸 대표의 아량으로 책을 내게 되었다. 꼼꼼하게 편집을 수행한 최예빈 편집자의 노고가 고맙다. 코로나19 팬데믹을 경유하면서 새로운 삶과 문학을 궁구하는 일에 더 매진하리라 약속한다.

2020 가을

구모룡

차례

3부

| 서문 |

태야 최동원(台也 崔東元) 선생의 시조시학을 생각한다

두 가지 이유에서 태야 최동원 선생의 시조시학을 떠올린다. 그 하나는 내가 그에게 가르침을 받았다는 것이고 다른 하나는 그의 이론체계가 여전히 유효할뿐더러 현대시조의 시학을 구성하는 데 도움이 된다는 것이다. 이 가운데 전자는 그리 떳떳하게 내세울 것이 못된다. 내가 현대시론을 공부하면서 설혹 고전시학에 어느 정도 관심을 가졌다 하더라도 고전과 현대를 뚜렷한 경계로 삼아 전공영역을 엄격하게 구분하는 것이 당시의 제도였기 때문이다. 이러한 점에서 후자가 여기서 말하고자 하는 내용이다. 그러니까 여기서 『고시조론』(삼영사, 1980)을 중심으로 '태야 시조시학' 가운데 핵심요소를 간추리면서 이를 현대시조의 맥락에서 그 의미를 되새겨보고자 한다.

태야 시조시학은 크게 두 가지로 정리된다. 1) 시조의 발생구조론 2) 시조의 형식론. 1)은 시조의 발생을 신흥사대부 계급의 등장과 연관시키고 있다. 신흥사대부의 세계관과 시조형식의 상동성(homology)이라는 관점을 도출하였다는 점에서 문학사회학의 발생구조론에 상응한다.

> 시조의 형성자는 당시의 신흥사대부, 즉 상층계급에 속하는 사람들이었다. 속요가 궁중연향에서 성창한 것은 무신의 집권, 외세의 침입, 원의 지배 등을 시대적 배경으로 하여 양성된 당시 사회의 퇴폐적인 사상의 반영이라 하겠으며, 시기로 보아서는 고려후기라 생각되는데, 이런 퇴폐와 향락의 시대 풍조 속에서 신흥사대부들도 속요의 음악적인 특성을 충분히 체득하고 있었으리라 추측되는 바이다. 그러나, 이러한 시대적인 조류 속에서도 유학을 신봉하던 그들 사이에서 속요와 같은 퇴폐적이요 음설적인 내용이 아닐 뿐만 아니라 시형으로도 그들의 감정에 맞는 시형태가 차츰 움트고 있었던 것은 아니었을까. 이러한 미동은 여말에 이르러 성리학이 수입되고, 많은 유학자들이 배출됨으로써 더욱 힘을 발휘하게 되었으며, 여기에 유학정신을 배경으로 한 시조의 형식은 어느 정도의 정제를 본 것이 아니었던가 생각된다. 따라서 시조는 속요와 대립해서 출발하고

> 발단한 것으로, 내용면에서는 속요를 반발하면서도 형식은 속요의 음악적 분단에서 영향을 받은 것이라 할 수 있는 것이다.(「시조 형성에 대한 한 고찰」에서)

시조 장르 발생론을 이처럼 명쾌하게 분석한 예가 있을까? 어떤 형식이 돌연히 나타나는 일도 없지만 모든 형식이 이전의 것과 연속되는 것도 아니다. 태야 시조시학은 속요와 반립(反立, 그는 이 용어에 유독 집착한다. 그의 사유가 지닌 유물론적 기반에 연원한 것이 아닌가 한다.)하면서 그 음악적 분단에 영향을 받은 시조 형식이 신흥사대부의 이념을 반영한다는 '시적 형식의 정치학'(C. 번스타인)을 개진하고 있다. 이와 같은 입장은 현대시조의 몇 단계를 생각할 때 반추되어야 할 내용을 지닌다. 형식의 탄생과 차용에 개입하는 세계관의 문제를 제대로 따져 보아야 한다는 것이다. 가령 1920년대 시조부흥운동이 문화적 민족주의를 내세우는 쁘띠 부르주아의 세계관과 상동한다면 오늘날의 현대시조는 어떤 이념과 계급과 연동되는 것일까? 이는 매우 중대한 문제를 안고 있다. 시조 형식을 현대에 가져와 쓴다는 것이 어떤 의미를 갖는 것인가에 대한 해명을 요구하기 때문이다. 성리학이라는 뚜렷한 이념을 지닌 신흥사대부의 문학이 시조라는 규정과 흡사한 진단이 현대시조 창작 레벨에서도 가능할까? 아직 시조시인들의 계급과 이념에 대한 문학사회학을 접하진 못했다. 그럼에도 민족주의와 결부하려는 우파 부르주아의 시도나 현대성을 담으려는 중간 계급적 지향이 읽힌다. 아울러 형식을 개인주의적 실험의 장으로 삼으려는 경향도 적지 않다. 이럴 때 시조의 형식은 개별 시인의 의도와 가치를 실험하는 도구가 된다. 그렇다면 이러한 현대시조의 의의가 어떤 의미를 가지는 것일까? 발생구조론을 따를 때 신유학 시대가 끝난 지점에서 시조의 소멸은 정당한 이치가 아닌가? 외부의 문명에 대응하는 문화적 민족주의가 호명하고 민족주의 내지 국가주의를 담지하는 장치로 활용되는 것은 한계를 지닌다. 따라서 중간계급적 교양주의나 개인주의가 남는다.

태야 최동원의 시조시학에서 시조형식론은 1) 시조는 3행 정형시이고 2) 각 행은 4개의 시각(foot)으로 4보격을 형성하며 3) 고저율보다 강약율이 음보 상호간에 나타나고 4) 제3행의 제1, 제2 시각은 시조를 시조답게 하는 형식상, 운율상의 특성이므로 이를 살려야 한다는 등의 내용을 담고 있다. 1)에서 장(章)이라는 용어를 음악면에 국한시킬 것을 주문한다. 따라서 시조는 3장이 아니라 3행의 정형시이다. 2)에서 음보(meter)가 지니는 시간적 등장성을 고려하되 영

시의 리듬 이론(박기열, 「운율론」, 『영시개론』, 신구문화사, 1969, p.99)을 도입하여 음보와 리듬의 상호작용이라는 중요한 이론을 제시한다.

> "넓은 뜻으로 해석할 때 rhythm은 자연현상과 인간생활에 있어서 일정한 시간적인 간격을 두고 나타나는 규칙적인 반복운동을 의미한다"고 말하는 바와 같이, 리듬 감득에 필요한 것은 운동의 규칙적인 반복성이라 할 수 있다. 이런 점에서 한 행의 시각을 2분절하는 것은 리듬 감득을 너무 단조로운 것으로 만드는 흠이 있다. 시조의 한 행을 4보격으로 잡아 이를 율독하더라도 앞에서 본바, 리듬의 의미가 서로 용해됨으로써 구체적인 '의미의 리듬' 혹은 '감정의 리듬'을 형성하는 데에 아무런 지장이 없다. 오히려 4보격의 분단은 그런 리듬을 형성하는 데 더욱 효과적이라 할 수 있겠다.(「시조의 운율과 율독에 대한 연구」에서)

의미의 리듬과 감정의 리듬이 작동하는 시조의 율격을 잘 설명하고 있다. 시조는 변하지 않는 것과 변하는 것, 율격과 율동, 불변체와 변체(유리 로트만)가 상호작용하는 미학을 구가한다. 4음보 3행은 불변의 율격이다. 여기에 시인만의 개성인 율동(리듬)이 살아 움직이는 것이다. 이는 3)을 통해 구체화된다. 그는 "우리 시가의 각 음보 내의 율성은 강약, 고저, 장단 등 어느 하나의 특징만으로 이루어지는 것이 아니라는 생각"을 피력하면서 "시간적 등장성을 '역학적으로 부동하게 하는 힘'으로서의 강약율은 한 음보 내에서의 부동성보다 이와 같은 음보 상호간의 부동성이 더욱 강하게 의식되는 것"이라고 부연한다. 여기서 각 "음보는 4박자로 율독되는 것이 가장 타당한 방법"이 된다. 그런데 3행의 경우는 다르다. 3행의 첫 음보는 4박으로, 두 번째 음보는 3박의 반복으로 읽힌다. 즉 '4, 3×2, 4, 4'로 율독하여 시조의 멋을 살릴 수 있다는 것이다. 시조의 마지막 3행에 대한 율독론으로 이 이상 더 나아간 견해는 없다. 현대시조의 생명 또한 정해진 율격 속에서 어떠한 율동을 만드느냐에 있는 것이다. 시조시인이든 일반시인이든 시인은 모두 자신의 리듬 충동을 시를 통해 실현하려 한다. 태야 최동원의 시조시학은 현대시조의 현대성이 전통의 제요소를 파괴하지 않는 가운데 성취되어야 할 것을 주문한다. 생동하는 리듬의 창출을 지시하는 것이다.

1부

변하지 않는 것과 변하는 것

현대시조의 현대성

주지하듯이 자수율이 아니라 음보율이 시조의 형식을 나타내게 되었다. 현대시조에 관한 논란의 첫머리에 주로 형식론이 자리한다. 대부분의 논의들이 4음보 3행을 재론하는 것이다. 특히 종장의 첫 음보의 성격을 많이 따지고 있다. 이미 이론으로서 생명을 다한 자수율을 다시 불러다 종장의 첫 음보는 3자여야 한다는 절충론까지 등장하였다. 여하튼 4음보 3행의 형식을 '변하지 않는 것'으로 자리매김하는 데 큰 이견이 없다. 그런데 예술과 문학, 더 좁혀 한 장르의 역사는 '변하는 것'의 역사이다. 좀 더 엄밀히 말하자면

'변하지 않는 것'과 '변하는 것'의 상호작용의 역사이다. 이러한 점에서 볼 때 현대시조에서 가장 중요한 과제가 변화로서의 현대성의 문제가 아닌가 한다. 현대시조의 현대성은 현대시조를 단순하게 '변하지 않는 것'의 지킴의 문제로 한정하는 예외가 아니라, 현대문학사의 한 주요 구성으로 승격하게 하는 개념이다.

혹자는 전통을 재구성하는 것으로도 시적 차원의 현대성을 유지하는 것이라고 주장한다. 일리가 없는 것은 아니다. 변화하는 자본주의 근대 세계에 대하여 변하지 않는 전통을 통하여 맞선다는 논리이다. 민족적인 것에 대한 논의도 넓은 범주에서 이러한 논리에 속한다. 그러나 이러한 입장을 시적 현대성이라 하지는 않는다. 시적 혹은 미적 현대성은 현대사회의 변화에 대응하면서 시적 혹은 미적 변화와 쇄신을 이끌어내는 것을 의미한다. 만일 현대시조가 현대문학의 큰 흐름과 합류하지 않고 자기만의 길을 고집한다면 어떠한 경향을 갖게 될까? 그것은 고루한 장르의 성채를 건설하거나 국수주의적 편향을 드러내는 데 지나지 않을 것이다. 또 다른 혹자는 세계화 시대이니 시조의 전통이 의미있지 않느냐고 말한다. 역시 틀린 말은 아니다. 그러나 현대시조가 여러 가지 민족문화유산 가운데 하나라는 주장은 민족주의를 강화하거나 그것을 세계에 드러내고 뽐낼 일은 될지 모르지만 현대문학의 한 흐름이 되는 일과는 거리가 있다. 세계화 시대는 스케일(local-national-regional-global)에 의하여 문화를 재인식하게 한다. 로컬 영역의 특이성을 재인식하거나 국가와 민족을 넘어 지역(region, 가령 동아시아)의 문화를 형성하는 것이 과제이다. 그러니까 국민문학이나 민족문학의 틀을 넘어서자는 방향을 내포한다. 따라서 세계화시대의 시조전통 계승이라는 문제설정도 현대성 획득이라는 변화의 맥락을 통해 수행되어야 하는 것이다.

현대시조의 현대성을 어떻게 얻을 수 있을까? 먼저 형식(form) 차원의 쇄신을 들 수 있다. 이는 달리 율격(meter)과 율동(rhythm)의 문제로 설명된다. 율격이 변화하지 않는 전통적이고 규범적이며 추상적인 체계(system), 구조(structure), 틀(frame)이라면 리듬은 실제로 구현되고 변화하는 특수한 활동이다. 이 둘은 한 편의 시(poem) 속에서 상호작용을 하는바, 이를 운율(prosody, 성기옥)이라고 할 수 있을 것이다. 유리 로트만은 "리듬은 변체이고 율격은 불변체"라 규정하면서 이 두 차원의 충돌을 변증법적 과정의 표현으로 받아들인다. 그런데 시조는 불변체인 율격의 절대 우위를 전제한다. 현대시조를 둘러싼 논란은 대개 이 지점에서 발생한다. 가령 불변체를 그대로 수용하는 것을 정격이라고 할 때 자주 시어와 비유의 쇄신이나 살아있는 리듬의 중요성은 간과된다. 사실 율격체계는 어휘적 차원에 심대한 영향을 끼친다. 그렇기 때문에 관습과 상투(常套)가 순환하기도 한다. 나아가 율격체계는 의미론적 가치를 나타내는 경향도 있어 시조가 특정 이념에 봉사하는 장르로 간주되기도 한다. 가령 민족적인 것, 민족정신, 민족이념, 국민시가사상, 유기체적 조화의 세계 등등의 이념을 들 수 있다. 또한 이러한 이념이 아니라 하더라도 선비정신 혹은 정신주의와 같은 삶의 태도와 결부되기도 한다. 이러한 경향들을 애써 부정할 필요는 없지만 이것을 현대시조의 주류로 삼을 까닭도 없다. 무엇보다 변체인 리듬의 개입을 통하여 현대시조의 지평을 확장하는 것이 요청되기 때문이다. 여기서 리듬은 개별적이고 자유로운 발화의 충동을 의미하지만 자유시로의 이행을 말하는 것은 아니다. 상위차원의 불변체인 율격의 존재를 의식하면서 자기만의 리듬을 창출하는 행위를 말하며 어휘적인 차원에서의 구체성과 새로움을 수반하는 과정을 포함한다. 율격과 율동의 관계는 상호작용하며 시인의 시작 과정에서 서로 순환한다. 이러한 과정은 결코 단순하지 않으며 미묘하고 복잡한 의식과 느낌(feeling)을 동반한다.

A. 율격 ≥ 율동

B. 율격 ≒ 율동

C. 율격 ≤ 율동

크게 세 가지 범주로 나누어 볼 수 있지만 이들은 비율로 설명될 수 없는 형국을 지닌다. 대다수의 시조가 A와 B에 속한다. C의 경우 자유시의 경계 영역에 가닿을 가능성이 있다. A에서 율동이 무화되거나 미미한 경우가 있을 수 있다. 율동을 살려내려면 시적 인식의 새로움과 구체적인 시어와 이미지의 선택 그리고 살아있는 느낌과 형식의 형성이라는 시적 과정이 필수적이다. 이 점에서 B와 같은 균형 상태를 쉽게 획득하긴 힘들다.

내일은 미풍이 불까 서성거린 잿빛 고목
아낌없이 떨구고 있는 그 앞에 다가서니
왜 이리 잊히지 않는 잔상이 허공을 맴도는가.

휘청한 가지 끝을 저녁노을 찍고 간다
줄 것도 받을 것도 없어진 줄 모르는 날
시간을 다 풀어놓고 남루한 경 내놓는다.
(김교한, 「고목 그 남루한 경」 전문)

율격의 우위를 견지하면서 개성적인 율동의 움직임을 포착한 시가 아닐까? 시적 화자는 고목의 생태를 접하면서 그것과 교응하는 느낌을 병치한다. "잊히지 않는 잔상"과 "허공"이라는 이미지의 대비는 노년의 내면풍경을 드러내기에 적합하다. 그에 상응하여 1연의 종장 또한 유연한 리듬을 얻는다. 이것을 2연의 종장과 비교할 수 있다. 2연의 종장에 이르러 시적 화자가 "남루한 경"이라는 구절을 얻음으로써 자연스럽게 상승하던 리듬이 율격으로 통합되는 것이다. 노년의 잔잔한 의식과 정서가 구체적인 사물의 표정을 통해 형식의 완성을 이끌었다.

바람 잔 푸른 이내 속을 느닷없이 나울치는
해일이라 불러다오.

저 멀리 뭉게구름 머흐는 날, 한 자락 드높은
차일이라 불러다오.

천년도 눈 깜짝할 사이, 우람히 나부끼는
구레나룻이라 불러다오.
(김상옥, 「느티나무의 말」 전문)

두루 알다시피 초정은 시와 시조를 구분하지 않았다. 굳이 구분할 필요가 있을 경우에도 그는 시조를 그냥 "3행시"라 지칭한다. 이러한 이름 부르기에는 그의 미의식이 내재한다. 궁극의 시(poetry)에 모든 시편(poem)들이 포괄될 뿐이라는 생각이다. 인용한 시를 자유시의 경계에 서 있는 시조라 할 수 있을까? 초정이 원치 않는 분류이지만 설명의 편의를 따를 때 동의할 수 있을 것이다. 율격의 자기충족적인 안정성을 흔들면서 시적 화자가 개성적인 리듬을 수행하고 있다. 이렇게 하여 "느티나무의 말"이 뿜어내는 웅혼함이 시적 기운생동으로 표출된다. 순환하는 비율의 문제라는 점에서 이 시를 B의 범주에 두자는 의견이 나올 수 있다. 이보다 더한 변격 리듬의 창출이 얼마든지 가능하다.

> 흙으로, 흙의 무게로 또아리 틀고 앉은 시간
> 고향 풀숲에서 반짝이던 결 고운 윤이슬이여, 어쩌자고 머나먼 예까지 와 대끼고 부대끼는가. 밤새 벼린 칼끝보다 섬뜩한 그 억새의 세월,
> 갈바람 굴핏집 울리는 죽비 소리 남기고.
>
> 등이 허전하여 등뒤에 야트막한 산을 두른다.
> 빚더미 家長처럼 망연자실 누워 있는 앞산, 우부룩이 자란

시름 봄 삭정이 되었는가. 둥지 떠난 할미새야, 비 젖은 날개 접고 등걸잠 자는 할미새야. 앞내 뒷내 둘러봐도 끕끕한 어둠 밀려오고 밀려간다. 물을 불러 제 몸 기슭 불리는 강물, 귀동냥 다리품 팔아 남루한 짐 지고 오는 저 강물아. 파릇파릇 핏줄 돋는 길섶마다 먹어도 먹어도 물리지 않는 밥풀꽃 꽃등 하나, 눈빛 형형한 꽃등 하나 달아 놓고

물안개 거두어 가는 애벌구이 해도 덩실 띄워 놓고….

(윤금초, 「할미새야, 할미새야」 전문)

시조의 하위 양식(subtype)인 사설시조의 관습을 따른 것이라고 한다면 이 시조의 율격과 리듬의 관계를 C에 둘 수 없을지 모른다. 그럼에도 사설시조의 발생론적 상황을 고려하면서 현대시조의 차원에서 양식 패러디가 차지하는 지향을 재검토할 필요가 있다. 이 점에서 이 시조의 리듬이 지니는 의의와 한계가 분명하다. 오히려 C의 미학적 성취는 초정과 같이 4음보 3행시의 율격을 자발적인 리듬의 충동으로 밀어붙이는 데서 더욱 뚜렷한 것이 아닐까?

내가 시들어 떨어지는 마른 꽃이었을 때

마른 화관 벗어놓고 상여를 메고 나는

오뉴월 상여를 메고 별동별로 누운 나는

까맣게 잊고 있던 이승의 한 점 혈육
난생을 꿈꾸는 별이 껍질 속에서 울었다
밤마다 부풀어 오르는 내가 남긴 한 줄 시
(박권숙, 「콩꼬투리」 전문)

이 시에서 주목할 대목은 1연의 2행과 3행이다. 여기에 나타나는 "나는"이라는 구의 반복은 절실한 리듬의 충동으로 읽힌다. 이처럼 고조된 리듬은 2연에서 율격의 안정성과 조화를 이룸으로써 완결된다. 이를 두고 B에서 A로 통합된 형식이라 할 수 있을까? 여하튼 이 시조는 시조의 율격 속에서 육화된 언어와 생동하는 리듬으로 시인의 의도를 충족하고 있다.

세상의 모든 그늘이란
그 사물의 어머니인 것
빛이었던 하루의 어둡고 외롭고 아픈 상처를
안으로 쓰다듬어서
다시 내일을
일군다
(이우걸, 「그늘」 전문)

"그늘"의 미학을 말하고 있음이 분명한데 하나의 아포리즘이 행갈이를 통하여 리듬을 얻는다. 어찌 보면 율격의 규범성이 저만치 밀려난 형국이다. 현대시조의 현대성을 확장하려는 시인의 의지가 담긴 대목이 아닌가 한다. 이러한 시조를 A에서 C에 이르는 진자운동의 한 극으로 보아도 무방할 것이라 생각한다.

율격과 율동(리듬)의 운용은 다양하다. 시조시인은 율격이라는 기본능력을 학습하고서 자기만의 개성적인 리듬으로 이에 대응하는 시적 과정을 지속해야 한다. 현대시조의 통합된 규범이 존재한다고 생각하는 것은 현대시조의 지평을 축소하는 일이 된다. 율격의 불변체를 살아있는 변체인 리듬의 충동으로 변화시키는 무수한 경로가 있다. 때론 불변체인 율격이 흔적으로 남게 되는 상황까지 밀고 가는 시적 모험이 요청된다. 그저 관습이 주는 기본능력인 율격에 의탁하는 유희를 반복하지 않고 다양한 수행을 지속해야 하는 것이다. 이를 위해 시적 인식을 더욱 구체적인 것으로 가져가야 한다. 구체적인 것은 삶과 상황과 존재의 활성화에 다를 바 없다. 현대시조가 더욱 구체적이어야 하는 까닭이 여기에 있다. 시어와 이미지의 새로움 또한 확보되어야 한다. 육화된 언어일 때 개성적이며 생동하는 리듬이 율격을 흔들며 열린 체계를 형성하기 때문이다.

정형시와 자유시라는 이분법의 오류

정형시와 자유시의 이분법은 많은 오해를 낳는다. 이는 정형시를 지켜야 할 것으로 자유시는 지켜야 할 것이 없는 것으로 잘못 설득한다. 그러나 한 편의 시 속에는 변하지 않는 것과 변하는 것이 요동한다. 가령 다음과 같은 시조를 예를 들어보자.

상수리 마른 잎이 석양을 붙잡다 놓아준다.

접때 기러기 몰아온 바람이 여태 수수깡 울에 머물며 가랑잎 줍는 게 오늘 밤도 된서리가 하얗게 필 모양이다. 뜨락 한 그루 개오동 검은 그림자 섬돌을 베개 삼아 밤 깊은 소리 엿듣고, 오동 한두 잎새가 찬 이슬 피해 내려 제 발등 덮는다. 저저금 저 살려고 토막 숨 연방 들이쉬며 놔도 한몫 들어도 한몫, 늘리고 보탠 것 없이 흥뚱거린 살림붙이 그냥저냥 떠밀려오는 하루가 육십 고개 넘어섰다. 가노라고 가다가 지분거리고 저기서 눈 속이고 여기서는 이냥 들켜버린 이

승살이. 오온(五蘊)에 매여 연줄 끊지 못하고, 세상이 날 선
세상인데 풍경인들 여북하겠나?

지금은 목쉰 풍경이 무심히, 무심히 운다.
(윤금초,「개오동 그림자」 전문)

말미에 이문구 소설「가을 소리」를 부분 패러디하였음을 밝히고 있는 이 시가 염두에 둔 본디 형태는 사설시조라는 양식이다. 육십 고개 넘어선 시적 화자의 가을날 심사가 유장한 가락으로 펼쳐져 있다. 저녁에서 밤으로 가는 시간이기에 시각에 청각이 더해지는 광경이다. 감각은 본래 나누어져 있는 것이 아니고 공감각인지라 이슬 내려 하얗게 서리로 필 가을밤의 온갖 소리에 민활하다. 이러한 민활한 감각은 삶의 경험적 깊이와 무관하지 않다. 외부의 변화하는 풍경이 화자의 생과 합치된 리듬으로 표출된다. 그리고 이러한 리듬이 "상수리 마른 잎이 석양을 붙잡다 놓아준다"는 1연과 "지금은 목쉰 풍경이 무심히, 무심히 운다"는 3연을 자연스럽게 이어주고 있다. 그런데 이 시의 리듬은 전혀 새로운 것은 아니다. 이미 존재하는 사설시조의 틀을 가져다 써먹었기 때문이다. 다시 말해서 기존의 형태에 의탁하였다는 것이다. 시인은 전해오는 형태에 기대면서 자신의 리듬

을 기입하는 방식으로 위와 같은 시를 쓴다. 많은 현대시조 시인들이 기성의 형태에 의존하는 경우가 많다. 보다 현대성을 구현하려는 이들은 그 안에서 자신의 리듬을 창출하려는 노력을 지속한다.

변기를 아시나요, 짐승의 아가리 같은
엉덩이를 받쳐 드는 저 백색의 질 속에서
오늘의 욕망이 피고
그 욕망이 지는 것을.

타협하기 위하여, 진정하기 위하여,
배설하기 위하여, 변절하기 위하여
변기는 놓여져 있다
필생의 테마처럼.

삶을 채근 당하는 거리의 발자국들도
햇빛을 피해 다니는 익명의 얼굴들도
한 모금 안식을 얻어 재기의 칼을 가는 곳.
(이우걸, 「변기」 전문)

'4음보 3행시'라는 시조의 율격을 행갈이와 부분적인 율격 해체를 통하여 변용하고 있다. 시조의 율격을 변하지 않아야 한다고 보는 고식적 태도에 대하여 변화하는 시조의 형식을 제시하고 있는 셈이다. 이는 불변체인 율격을 바탕으로 하면서 변화의 율동을 창출하는 일이다. 그런데 생동하는 율동은 구체적인 삶에서 비롯한다. 어휘와 이미지, 그리고 의미에 있어서도 있어야 할 내용과 거리가 있다. 뒤샹의 '변기'처럼 시조의 관습에 비출 때 이우걸의 「변기」는 엄청난 파격이다. 시적 대상과 리듬이 그렇다는 말이다. 이를 통해 그는 변하지 않는 틀에 갇혀 있는 시조의 한계에서 벗어나 현대시조의 현대성을 성취한다. 엄밀하게 말할 때 앞선 윤금초의 「개오동 그림자」보다 이우걸의 「변기」가 더 많은 탈(脫)의 시학을 형성하고 있다고 생각한다. 전자가 선행하는 장치에 편승할 뿐만 아니라 어휘와 이미지가 오히려 안정적이라는 점에서 닫힌 느낌이라면 후자는 주어진 율격에 온몸으로 부딪히는 리듬의 욕동을 유발한다.

실제로 정형시와 자유시의 이분법은 모든 이분법이 그러하듯이 단순하게 추상화된 측면이 크다. 자유시(free verse)는 동아시아에서 과장된 용어이다. 우에다 빈에 의해 '자유시'로 번역된 이것은 보다 엄정하게 말할 때 '자유율'이어야 한다. 박슬기의 지적(『한국 근대시의 형성과 율의 이념』)처럼 관습적인 율격에서 벗어나는 시의 형식적 차원을 의미하는 것이다. 그럼에도 마치 이것이 근대시의 주류 장르가 된 데는 근대적인 것에 대한 과잉이라는 문제의식이 깔려 있다. 자유로운 주체와 자유로운 형식에 대한 근대적 염원이 정형시/자유시라는 가짜 이분법을 구성한다. 이러한 점에서 시조를 따로 시조라고 자리매김하지 않고 '3행시'라고 부른 초정 김상옥의 입장이 선연하다. 그는 자신의 시(poetry) 안에서 다양한 리듬을 수행한다. 그러니까 변하지 않는 율격을 지닌 시조로부터 이러한 관습에서 완전히 벗어난 자유로운 운율에 이르는 시쓰기의 진자운동을 유지하면서 그 나름대로의 긴장된 반복과 순환의 과정을 구현하였다. 초정 개인이 보인 이러한 시의식은 실제 시사의 흐름과도 맥락을 같이한다. 소위 공시태와 통시태의 교차와 같은 현상을 생각할 수 있다. 달리 변하지 않는 것과 변하는 것의 끊임없는 상호작용과 같은 것이다.

읽는 시라는 개념을 지배소로 받아들이는 시인들이 많다. 이들은 현대시가 노래와 멀 뿐만 아니라 낭독조차 힘들다는 생각을 지닌다. 리듬에 대한 인식이 부족하여 이러한 생각을 지닌 것은 아니다. 아예 리듬 문제를 도외시하는 경우가 많다. 어쩌면 이러한 사태는 자유시(free verse) 도입에서 비롯한 오해와 연관될 수 있다. 기성의 율격에 대응하는 것은 모든 시의 지향이다. 유리 로트만은 "리듬은 변체이고 율격은 불변체"라 규정하면서 이 두 차원의 충돌을 변증법적 과정의 표현으로 받아들인다. 그러니까 리듬은 체계적인 율격과 대립하는 텍스트의 수행적인 실체이다. 막스 이스트만이 시의 두 가지 주요한 조직적인 원리로 운율과 비유를 내세운 것을 기억하게 된다. 그의 지적처럼 이 둘의 동반관계가 시를 구성하는 주된 벡터가 아닌가 한다. 이미 만들어져 유통되고 있는 생산물인 운율과 비유를 어떻게 넘어설 것인가? 물론 이러한 물음에 대한 답이 언어에 한정되는 것은 아닐 것이다. 무엇보다 존재와 세계에 대한 구체적인 인식이 병행되어야 한다. 새로운 형식의 생산자인 시인에게 새로운 운율과 비유의 생산은 그의 주된 과제가 아닐 수 없다. 추상적 패턴으로 인지되는 율격은 그 나름의 기대체계로 관성을 지닌다. 현대시조는 이러한 기대체계를 잘 이해하게 한다. 규범을 강조하는 논자들은 현대시조의 율격을 반드시 지켜야 할 규칙으로 생각한다. 그러나 그것은 시인이 인지해야 할 기본체계이지 그대로 따라야만 하는 틀이 아니다. 율격에 대한 시조시인의 지각은 곧 자동화된다. 시인의 개성은 리듬적 변체들에 의해 표출되는 다양성이다. 이것은 율격의 자동성을 흔들면서 움직이는 율동의 미적 효과라 할 수 있다.

가난한 외등 아래 진눈깨비 날리는 저녁
누군가를 기다리는 사내의 서툰 휘파람
희뿌연 불빛 사이로 사선들이 그어진다.
비행기는 결항됐다, 탑승권을 찢으며
끊어진 길 위에서 길 잃어 서성거리며
끝없는 골목을 가진 긴 주소를 생각한다.
그곳엔 눈이 내리고 눈은 내려 쌓이리라
생선 굽는 내음이 저녁 허기 재촉하리라
돌아올 사람을 위해 외등 하나 밝혔으리라.
사내는 외등 아래 여전히 혼자 서 있다
담배를 입에 물고 성냥불을 켜는 순간
사내가 울고 있는 것을 그만 보고 말았다.
(정일근, 「외등 아래」 전문)

시인은 먼저 연 구분을 없앰으로써 율격의 닫힌 체계를 열어간다. 시적 화자의 느낌과 생각은 바깥의 정황과 맞물리면서 미세하게 요동한다. 리듬은 눈 내리는 날의 고요처럼 움직이면서 상승하다 마지막에 이르러 큰 울림으로 종결된다. 이러한 리듬은 특히 각운 효과와 연접하여 시행을 건너가면서 생동하고 있다. 시조의 불변체인 4음보 3행의 율격을 자유롭게 드나들면서 개성적인 율동을 창출한 것이다. 한 시인에게 있어서 타율과 자율의 긴장과 변증은 시작 과정에서 지속과 변화의 문제이다. 정일근 시인은 시집 『소금성자』를 통하여 10구체 향가의 리듬을 변용하는 시적 기획을 선보이기도 했다. 그는 향가와 시조와 같은 전통의 율격을 오늘의 지평에서 새로운 율동으로 이끄는 장관을 연출한다. 어쩌면 정일근은 스스로 의식하지 않았다고 하더라도, 따로 시조라고 자리매김하지 않고 '3행시'라고 명명한 초정 김상옥의 입장을 계승하고 있다고 하겠다. 초정과 정일근은 다양한 리듬을 자유자재로 수행한다. 변하지 않는 율격을 변주하고 자유로운 운율을 창안하는 시쓰기를 유지하면서 긴장된 반복과 순환의 과정을 구현한다.

다시 말하지만 정형시/자유시는 가짜 대립이다. 시조시인이든 일반시인이든 시인은 모두 자신의 리듬 충동을 시를 통해 실현하려 한다. 우리는 주요한과 김억의 자유시 수용 이후 다시 민요와 시조로 이동한 사실을 기억하고 있다. 이는 시사에서 율격과 율동의 반복과 순환의 과정을 잘 말해준다. 한 시인의 시적 역사에서도 이러한 현상은 되풀이된다. 예를 들어 김지하 시의 역사를 살피거나 이성복과 황지우의 초기시와 후기시를 비교하면 잘 알 수 있다. 또한 최영철의 다음과 같은 발언에서도 생동하는 리듬을 창출하려는 시인의 의지를 알 수 있다.

저의 일상성은 변함없는 영역이지만 평이하고 단조롭다는 반성과 불만을 늘 가지고 있습니다. 시적 상상력이 너무 멀리 가면 모호해지기 쉽고, 전달에 집착하면 단순성의 함정에 빠지지만 그것을 넘어서는 세계를 보여주는 것은 쉽지 않습니다. 그러나 시 쓰는 자는 끊임없이 고민해야 할 부분이지요. 의미전달에서 머무는 산문화의 함정을 넘어 시의 특장을 드러내는 방식이 무엇인지, 그것을 죽을 때까지 고민해야 할 부분이지만 만족할 만한 결과를 도출하기란 쉽지 않습니다. 그렇다고 그 일을 게을리 하면 시라는 장르는 경쟁력을 잃고 고사할 것입니다. 정말 가혹한 과업입니다. 지나치게 진지하지도 지나치게 가볍지도 않는 것, 시와 잘 노는 것, 시가 드러내고자 하는 의미와 그 도구인 언어를 잘 가지고 노는 것, 잃었던 흥을 되살리는 것, 우리말의 묘미를 드러내는 것, 그것이 시인의 고통스러운 과업입니다. (「최영철-사물의 평등과 조화를 향하여」, 『시를 사랑하는 사람들』 2010년 9-10월호)

"잃었던 흥을 되살리는 것, 우리말의 묘미를 드러내는 것"이 "시인의 고통스러운 과업"이라는 말이 뜻하듯이 리듬을 형성하는 일은 어휘적인 차원과 의미론적 차원에서 힘겹게 동시에 수행된다. 시인이 지닌 리듬의 충동은 생에 대한 구체적인 지각과 무연하지 않다. 따라서 이것이 한 편 한 편의 시에서 실제 발화로 나타나게 되는 것이다.

감잎을 딴다는 게 감꽃까지 꺾고 말았네
머리칼 자른다며 머릿속 뿌리까지 헝클었네
그대 눈물 두고 그대 옹졸한 웃음만 사랑하였네
몇 갈래 남겨둘 눈앞의 길을 남김없이 걸어와 버렸네
떨어진 감꽃은 허물어진 길 위를 구르네
내 부스러기 두고 내 몸통 모두를 주었네
웃음이 되었다가 반짝 눈물이 되었다가
그런데도 낭떠러지는 조금도 멀어지지 않았네
(최영철, 「벼랑에서」 전문)

삶의 아이러니를 여러 구체적인 경험 사실들의 반복을 통해 발화하고 있다. "네"로 끝나는 운의 반복도 리듬을 창출하는 요소이지만 좌절과 절망의 반복이라는 의미의 변주도 이에 못지않은 요인이다. 그리고 "웃음이 되었다가 반짝 눈물이 되었다가"에 이르러 거듭된 시행착오들이 요약되면서 마지막 결구를 향하게 된다. 앞서 시인이 말한 바처럼 "지나치게 진지하지도 지나치게 가볍지도 않는 것, 시와 잘 노는 것, 시가 드러내고자 하는 의미와 그 도구인 언어를 잘 가지고 노는 것"을 이 시의 리듬이 충실하게 반영하고 있는 것은 아닐까?

이대로 마주보고 살다가 한날한시
바람 부는 대로 같이 길 떠나자 하고 싶지만
이 말이 당신께 짐이 될까 봐 못합니다

속절없이 약속을 지키느라
벌 나비 날아드는 좋은 시절 마다하고
스산한 바람에 서둘러 몸 떨구실까 봐 못합니다

누구 하나 먼저 가면 부리나케 뒤쫓아 가
다음 세상 또 얼크러설크러져 살 부비자 하고 싶지만
이 말이 당신께 빚이 될까 봐 못합니다.
(최영철, 「한 꽃잎이 다른 꽃잎에게」 전문)

시인의 리듬 충동이 내재한 기성 율격에 상응하는 현상을 볼 수 있다. 이 시를 누고 파격의 현대시조라고 하여도 큰 무리는 없을 것이다. 자유로운 율동을 추구하는 과정에서 시인은 전달하려는 의미에 어울리는 형식에 도달하며 그것이 이와 같은 시형으로 나타난 것이다. 시적 대상에 대한 시인의 구체적인 발화가 운율의 차원에서 다수가 공유하는 보편의 리듬으로 귀결된 것이 아닌가 한다. 이처럼 시인은 생동하는 리듬을 통하여 주체의 시의식과 삶의 지향을 드러낸다. 이러한 과정에서 그는 이미 자기의 관습이 된 형식을 쉼없이 벗어나려 한다.

현대시조의 성과와 과제

현대시조는 형식의 발견이 아니라 형식의 패러디다. 따라서 현대시조의 기점을 정하는 일이 그리 중요한 것은 아니다. 근대 전환기에 계몽의 의도에 의하여 가사와 시조 양식이 차용된 것을 본격적인 현대시조로 보긴 힘들기 때문이다. 실제로 현재까지 20세기 최초의 시조로 알려진 대구여사의 「혈죽가」(1906)도 근대매체인 『대한매일신보』에 게재되었다는 사실을 제외하면 현대시조라 부를 수 있는 장르적 특성을 충실하게 구비하고 있다고 볼 수는 없다. 전환기의 모든 영역이 그렇듯이 변화는 단선적이지 않으며 복잡한 연관 속에서 이루어진다. 엄밀히 따져 새로운 발흥의 결정적 순간을 찾는 일은 불가능할뿐더러 그리 큰 의미가 없다.

「해에게서 소년에게」나 「불놀이」가 최초의 신체시이며 근대시라는 주장은 이제 거의 불필요하게 되었다. 하지만 그렇다고 최초로 이미 알려진 것을 계기로 전개된 현대시 100년, 현대시조 100년 등과 같은 사업이 불필요했다고 말할 수는 없다. 오히려 이러한 계기를 통하여 성과를 평가하고 담론을 활성화하며 창작 욕구를 진작하는 일은 매우 의의 있는 일이다.

한국시조시인협회는 지난 2006년을 현대시조 100주년을 삼고 「혈죽가」가 발표된 7월 21일을 시조의 날로 정하는 한편 현대시조의 존재가치를 확인한 바 있다. 아울러 이 해에 "우리 시를 사랑하는 모임"이 주도하여 "우리시대 현대시조 100인선"을 발간함으로써 현대시조의 지도를 그려낸 바 있다. 이 지도를 작성한 주역인 이지엽은 현대시조의 역사를 ①현대시조 모색기(극소수의 시인들이 시조라는 장르의 독립성과 시조 부흥을 위해 안간힘을 쓰던 시기: 50년대 이전 등단 시인들) ②현대시조 개척기(시조이론을 보다 확실하게 다지면서 현대시조를 개척하던 시기: 50년대 등단 시인들) ③현대시조 정립기(자립기반을 공고하게 다지며 예술적 형상화는 물론 형식의 운용에도 자신감을 가진 시기: 60년대 등단 시인들) ④현대시조 격변기(시조단이 시단과 활발한 교섭을 지니면서도 독자성을 확보하고 시조가 질적으로 한층 완숙하게 자리를 잡아가는 시기: 70년대 등단 시인들) ⑤현대시조 혁신기(시조형식에 대한 과감한 실험과 무의식과 상상력의 세계를 다양하게 담아내던 시기: 80년대 등단 시인들) ⑥현대시조 확산기(시조인구가 팽창하면서 주변장르에서 주된 장르로 이행되는 시기: 90년대 등단 시인들)로 조감하고 있다. 대체로 시조시인의 양적 팽창과 미디어의 확장에 근거한 발전사라 할 수 있다. 매체가 다변화되고 소집단이나 시조시단을 대표하는 단체의 활동이 활발한 측면에서 볼 때 2000년대 들어 현대시조가 크게 확산되었다. 이는 그동안 전개된 시조시인들의 자구적 노력에 크게 힘입은 바 있다. 이우걸과 이지엽 등 시조시인들이 시조비평을 활성화하고 창작방법론을 계발한 일이 주목된다. 아울러 시조시인들의 시조연구와 일반 시론 연구자들의 현대시조와 현대시조시인 연구는 시조시학을 크게 진전시켰다. 아울러 장경렬, 유성호 등 비평가들의 개입이 현대시조 담론을 풍부하게 하였다.

그렇다면 현대시조는 오늘날의 문학 장(場)에서 주변장르의 위치를 벗어나 주된 장르로 이행되었는가? 아마 이에 대한 답변을 명료하게 하긴 힘들 것이다. 답변을 우회하여 오늘날 현대시조가 생산되는 역사적 맥락을 따져볼 수 있다. 현대시가 주류장르라는 사실이 곧바로 현대시조의 주변성을 말하는 것이 아니라는 점에서도 현대시조의 기반에 대한 물음은 필수적이다. 사실 정형률과 자유율의 대립이라는 구도는 선명하기는 하지만 운율(율격과 율동-리듬)의 다양한 세목을 가리는 탓에 그리 유익한 것이 되지 못한다. 최근 "극서정시"(최동호) 논의에 이르기까지 자유율의 변주가 만만치 않듯이 정형률 또한 위반과 변주의 역동성을 사적으로 보여주고 있다. 이는 달리 시조부흥의 역사를 기억하는 일과 겹쳐진다. 돌이켜 보면 세 차례 시조부흥이 있었다고 할 수 있다. ①1920~30년대 육당과 가람의 문화적 민족주의 시조부흥운동 ②1950년대 월하의 국민시가 운동 ③20세기 말 이근배, 이우걸, 윤금초, 이지엽 등의 시조 현대성 획득 운동. 이 가운데 ③은 아직 학계가 제시한 바 없는 나의 명명이다. 그런데 ③은 한편으로 포스트모던이라는 역사적 맥락과 연관되고 다른 한편으로 ①과 ②가 제시하거나 잠복한 문제들을 종합적으로 풀어가려는 노력과 이어진다. 이지엽이 모색기와 개척기라고 한 두 시기는 각각 ①과 ②의 시조부흥운동과 일치한다. 육당과 가람과 월하는 이 시기에 현대시조 시학의 핵심의제들을 대부분 제시하였다. 이는 크게 현대시조의 이념과 지향, 현대시조의 창작방법 등 두 가지로 요약된다. 그러니까 ③은, ①과 ②가 제시한 창작방법론을 어떻게 확장할 것인가의 문제와 민족시가로 규정되어 온 현대시조의 외연을 어떻게 확산할 것인가라는 문제에 집중하고 있다. 전자가 형식 우위의 논의라면 후자는 내용 우위의 논의이다.

미리 말하자면 나는 현대시조에 드리운 민족주의를 넘어서야 하고 정형시로서의 규율을 유연하게 받아들여야 한다는 입장을 지니고 있다. 현대시조가 민족시로서 그 위상을 세우기 위해서도 현대세계의 다양하고 복잡한 문제를 자신의 지평 안에 포함하지 않으면 안 될 것이다. 그렇지 않을 때 오히려 형식주의에 안주하거나 유아주의와 유미주의의 성채를 쌓게 될 가능성은 커진다. 시조시인의 양적 확대도 중요하고 대중성 획득도 과제이지만 변화하는 세계상을 정형의 형식 속에 담아내는 노력이 요긴하다. 이러한 과정에서 미묘한 미학적 생성과 파격이 발생하는 것은 당연한 시적 과정이라 할 수 있다.

드 배리에 의하면 동아시아 문명은 크게 4단계로 구분된다. ①틀을 형성하는 단계(대략 서력 기원 전 11세기에서부터 기원 후 2세기까지): 고전적 중국이 후에 다른 동아시아 민족의 고전적 유산의 중요한 부분이 되었던 기본 관념과 제도를 발전시켰다. ②불교의 시대(3세기부터 10세기까지): 동아시아에서 지배적이고 널리 영향을 미치는 문화적인 힘은 대승불교였고, 이것은 최하층 수준에서 살아남은 토착적 전통과 공존하고 있었다. ③신유교의 시대(11세기부터 19세기까지):

신유교는 새로운 사회 문화적 활동에서 지도적 역할을 떠맡았다. 반면 불교는 이제 복합적인 최하층 수준에서 살아남기 위해 투쟁했다. ④근대: 확장되는 서구 문명의 파도는 동아시아의 해안에 갑자기 밀어닥쳤고, 오래된 바위와 같은 토대를 씻어버렸다.

드 배리의 밑그림을 따를 때 시조는 ③의 시기를 대표하는 장르 가운데 하나이다. 물론 동아시아에서 ③의 시대를 주도한 장르는 한시였다. 그런데 조선의 경우 여말 선초 신흥사대부들이 시조라는 양식을 창안하여 노래하면서 이것이 유가적 이념을 재현하는 장르가 되었다. 많은 이들이 주정적인 기녀시조나 풍자와 골계를 담은 사설시조를 반주자주의적 관점에서 논의하고 있지만 이조차 유가적 관습 내부의 현상으로 보아야 할 가능성이 크다. 그런데 내재적 발전론자들은 사설시조를 근대시의 발원으로 보기도 한다. 박철희는 자설과 타설로 나누어 사설시조를 타설에 대한 자설로 간주하는 한편 근대시의 출발로 보았다. 그러나 그는 이러한 그의 입장을 수정하여 현대시조를 자설의 양식으로 규정하는 한편 이를 현대문학의 중심장르로 격상시킨 바 있다. 이처럼 현대시조는 드 배리가 말한 ④근대에 창안된 전통이다. 말할 필요도 없이 근대는 파도가 몰아치는 시대이다. 문화사를 설명하는 은유로 프랑코 모레티가 한 것처럼 나무와 파도를 들 수 있다. 파도가 치는 시대에는 식물이 자라는 과정과 같은 연속성이 주어지지 않는다. 새로운 개념과 양식이 유입되고 낡은 이념과 장르는 퇴조한다. 전환기에는 낡은 그릇에 새로운 이념을 담는 방식도 없지 않다. 바로 최초의 시조로 알려진 「죽혈가」가 그러한 예에 속한다. 이러한 예는 가사에 계몽사상을 담거나 전(傳)에 애국사상을 담는 형태와 동궤에 속한다. 유가가 퇴조하면서 불가가 부상한 것도 억압된 전통이 근대와 만나는 방식 가운데 하나이다. 만해로 대표되는 불교유신운동은 조선시대의 타자였던 불교를 매개로 근대에 직면하려는 노력으로 받아들여진다. 그러나 서구 자유주의의 세찬 파도는 자유시와 근대소설이라는 양식을 선사한다. 시조와 민요가 의미를 가지게 된 것은 거친 파도가 몰아치고 난 연후다. 세계개조의 물결을 등에 업고 전개한 3.1운동의 실패는 일본중심체제의 공고화를 의미하게 된다. 육당은 이러한 일본중심의 지역체제 속에서 조선적인 것을 발굴하려 하였고 시조라는 전통이 그에 의해 전유된다. 이는 다른 한편으로 안서와 요한의 민요선택과 대비되는 대목이다. 근대의 민요창출은 다이쇼 문화의 산물이다. 일본과 한국의 민요창출은 그 시차를 달리하면서 상호 연관성을 지닌다. 큰 범주에서 『만엽집』 등 일본의 고시가 연구와 시가부흥운동이 시조부흥운동에 차용되었을 가능성은 매우 크다. 소위 문화적 민족주의라는 흐름을 반영하고 있는 것이다. 그런데 육당의 시조부흥운동에서 가장 중요한 문제는 문명과 문화에 대한 잘못된 배치가 아닌가 한다. 여기서 문명과 문화의 개념은 총체와 개체, 복합성과 단일성, 외형과 내재, 제품과 재료의 포괄적 관계로 보는 관점을 전제한다. 이럴 때 문화는 문명을 구성하는 개별적 요소이며 양상이 된다. 육당은 문명의 바다로 나아가려는 주체의 의지를 접고 문화 민족주의로 퇴각한다. 이처럼 현대시조는 그 기원에서 문명을 부정적으로 바라보는 시각이 놓여 있다. 이는 유가가 퇴패한 시대에 유가적 양식으로 근대문명에 맞서는 불안정한 포즈와도 연결된다. 그렇다면 현대시조는 그 형식만 빌리는 장르 패러디의 방식으로 생존이 가능한 것인가? 조선시대의 시조는 사대부의 사유와 세계관을 나타내는 형식이 아니었던가? 이러한 질문과 고민은 오늘날의 현대시조 시인에게도 상존하는 문제이다. 의식하든 그렇지 않든 자신을 유가적 전통 속에 배치하려는 현대시조 시인들이 많다. 비단 유가라 하지 않더라도 보수적인 태도와 시조를 결부할 가능성이 없지 않다. 그러나 이러한 가능성이 일반적인 현상이 될 수는 없다.

조오현의 시조가 대표하듯이 시조는 불가의 양식으로도 차용된다. 이 경우 시조는 유가적 양식이 아니라 그 어떠한 사상과 이념도 담을 수 있는 그릇이 된다. 많은 시인들이 현대적인 일상과 생활을 시조의 내용으로 삼는 것도 시조 형식을 하나의 그릇으로 보는 관점을 가능하게 한다. 그렇다면 시조의 형식은 고정된 하나의 정형에 불과한 것일까? 아닐 것이다. 담기는 내용에 따라 형식의 변형이 일어나는 것이 현대시조라 할 수 있다. 시조형식이나 그 기원에 대한 교조적인 규범을 강조하는 주장들은 많은 경우 학계에서 나온다. 여전히 창사주종(唱詞主從)의 원리를 따라 현대시조도 시조창으로 존립해야 한다거나 고시조의 정형률을 그대로 지켜야 한다는 주장이 없지 않다. 따지고 보면 이러한 주장은 특권화된 권력담론이 될 공산이 크다. 아울러 이러한 주장을 좇을 때 현대시조의 영역은 협애화되거나 존립 근거를 잃게 된다.

주지하듯이 현대시조의 형식 문제를 전경화한 이는 가람이다. 가람에 의해서 고시조가 아닌 현대시조의 지평이 열린 것인데 오늘날 현대시조의 형식을 둘러싼 논의들이 대부분 가람에 연원한다고 해도 과언이 아니다. 가람은 시조의 혁신을 위하여 여섯 가지 아젠다를 제시하였다. ①실감실정을 표현하자 ②취재의 범위를 확장하자 ③용어의 수삼(數三) ④격조의 변화 ⑤연작을 쓰자 ⑥쓰는 법, 읽는 법. ①은 알레고리나 자아를 멸각하는 시쓰기 방식을 탈피하고 근대적인 자아의 감정을 노래하고 자아에 비친 사물의 이미지를 그려내자는 것이다. 바로 현대 서정시의 덕목을 현대시조에 가져온다. ②는 시적 대상을 모든 사물로 확장하자는 것이다. 한정된 사물에 집중된 고시조의 시야에서 벗어나자는 제안이다. ③은 조사(措辭)에 있어 개성적인 시어 선택과 배열을 의미한다. 상투어와 관습적인 문투는 3행의 한정된 형식에서 여전히 빈발할 수 있다. ④는 음악에서 문학으로 시조장르의 특성이 전환되었음을 의미한다. 따라서 자신의 감정에 충실한 격조의 창출이 요구된다. 기존의 체계보다 구체적인 발화를 중시하는 것이다. ⑤는 현대의 복잡한 생활상을 반영하는 방식을 뜻한다. ⑥은 쓰는 법과 읽는 법의 일치를 강조한다. 읽는 시조로서의 현대시조의 매력을 잃지 않아야 한다는 주장이다. 이처럼 가람은 고시조와 다른 현대시조라는 자각을 전면에 내세우고 있다. 이는 조선적인 것으로서의 시조라는 맥락을 내세운 육당과 다른 지점이다. 가람 시조학은 시인의 주관적인 형식의 변용과 내용의 확장으로 요약된다. 그러나 그의 이러한 시조론은 현대시조의 현대성이 무엇을 어떻게 구현하는 데서 획득되는 것인지를 충실하게 규명하고 있진 못하다.

1950년대 월하의 시조부흥론은 국민사상과 국민시가를 지향한다. 이는 한국전쟁에 따른 위기의식의 소산이다. 따라서 애국과 국가주의로 소환될 가능성이 많다. 국민사상의 이념성과 추상성을 극복하고, 이미 가람에 의해 제시된 바 있는, 개성적인 글쓰기로서의 현대성을 어떻게 획득할 것인가는 과제일 수밖에 없다. 대안으로 사설시조를 제시하지만 자유시에 대한 대응이라는 차원을 제외하고 현대성에 관한 구체적인 증거로 제출하지 못했다. 월하에게 사회적 현실의 문제는 국민과 도의와 같은 추상적이고 관념적인 과제에 비하여 부차적이었다. 이러한 점에서 그는 가람을 이어가면서 육당으로 회귀하는 면모를 보이게 된다. 월하와 같이 현대시조를 민족적 교양의 양식으로 인식하는 이들이 적지 않다. 이는 육당에 의해 설정된 현대시조의 민족적 공공성의 동어반복이다. 그러나 민족적 공공성이 곧 시적 공공성을 의미하는 것은 아니다. 전자가 추상적이라면 후자는 구체적인 실감실정의 문제, 공감의 문제와 연관된다. 사실 현대시조가 민족시라는 주장은 공허하다. 난만한 자유시의 주류적 흐름에 민족의 이름으로 태클을 거는 일에 불과한 것이 아닐까? 현대시조가 민족의 이름이 아니라 현대사회가 안고 있는 제반 문제에 대한 "시적 정의"를 표현할 양식이 될 수는 없는 것일까? 이러한 점에서 현대시조의 현대성이 무엇인가라는 근본문제를 다시 묻게 된다.

시조시학: 보존과 창조 사이

보수(保守)의 보수(補修)

현대시조라는 장르명은 이미 이질적인 것의 혼재(混在)를 용인한다. 현대와 시조의 결합이 그것이다. 현대시조와 관련한 모든 문제는 바로 이질적인 것의 혼재라는 현대시조의 장르적 속성에서 야기된다. 혹자는 시조와 현대의 양립불가능성을 지적하면서 현대시조의 시대착오성을 공박한다. 다른 이들은 이것을 부박(浮薄)한 현대에 대한 비판의 계기로 간주한다. 그리고 또 다른 이들은 현대와 전통의 변증을 상정한다. 이들 세 가지 부정과 긍정은 지금까지 보여진 현대시조에 관한 입장들을 대체로 아우른다고 할 수 있다. 시대착오성을 들어 부정하는 입장은 대개 시조의 계급성과 이데올로기에 관심을 보인다. 시조가 지닌 귀족주의는 현대와 함께할 수 없다는 것이다. 그런데 이러한 주장들은 대부분 비평가들의 입에서 나온다. 시조시인들의 입상은 이와 다르다. 그들은 현대가 지닌 무정향(無定向)의 가치들을 비판하고 현대적 삶의 고갈과 불모성을 버텨내는 방식으로 시조를 든다. 많은 시조시인들이 이러한 입장에 공감하고 있다. 현대와 시조는 달리 현대와 전통의 관계로 이해되는바, 이들의 변증은 하나의 과제이다. 이것은 현대시조가 단순한 보존의 문제를 넘어서 창조로 나아가는 길이 되기 때문이다. 이는 양식의 복원으로 삶을 재구성하는 일과 무관하지 않다.

돌이켜 현대시조의 존재의의는 근대사의 파행성에서 찾아진다. 민족사의 온당한 진전 속에서 중세 사회의 해체가 주체적인 형태로 가능하였다면 그에 따른 문화 양식의 연속성이 유지되었을 것이다. 그러나 식민주의는 이러한 가능성을 무화시켰다. 반외세와 반봉건의 변증법이 이루어지지 않은 것은 우리 민족의 불행이다. 주자주의의 이념과 그 이데올로기적 기반을 지닌 단형시조가 해체되어 장형시조로 이행하는 과정은 중세 해체와 근대 이행과 상응한다. 장형시조의 출현은 반주자주의적 이데올로기의 성장을 반영한다. '사설시조는 자유시다'라는 문제제기가 있을 만큼 장형시조의 발생론적 의의는 크다. 그러나 이러한 의의는 제국주의 침탈과 함께 바래진다. 주요한 등의 자유시를 장형시조의 전통과 연결시킬 수 없는 것은 그 발생론적 기저의 차이에서 찾아진다. 일찍이 서구문물을 받아들인 평안도 출신 주요한의 서구지향적 자유시가 전통에 대한 권위를 인정하며서 그것을 위반하는 형식인 장형시조와 연속성을 지닐 수 없다. 20년대의 시조부흥운동은 그러므로 내적 변증법이 무화된 자리에서 보존의 문제를 제기한다. 이는 훼손되지 않은 우리 것의 전통으로 훼손된 식민지적 삶을 이겨보자는 것이다. 이처럼 현대시조는 처음부터 상실의 대체물이라는 의의를 내포한다.

그렇다면 현대시조가 보수(保守)를 통하여 보수(補修)하고자 하는 전통적 이념들은 어떠한 것이 있는가. 자연의 이념과 유기적 세계관. 나는 이 두 가지로 요약하고자 한다. 이 두 가지는 현대시조의 내적 기반으로 자리하면서 현대넘어서기라는 미래지향적 비전의 근거가 된다. 이러한 점에서 시조가 지닌 두 가지 전통적 이념에 대한 이해는 매우 중요하다. 우선 현대의 시조시인들이 알게 모르게 이들 이념의 구속을 받고 있기 때문이고 다음으로 이들 이념의 재구성이 새로운 창조가 되기 때문이다. 여기서 새로운 창조란

근대주의 혹은 근대성을 극복하는 계기로서의 자연주의 혹은 생태학적 상상력을 의미한다. 현대시조가 새로운 창조가 되는 계기는 우리가 역사적으로 근대의 황혼에 처해 있다는 인식에서 찾아진다. 근대성의 신화가 무너지는 시점에서 현대 속에서 새로운 중세를 꿈꾸는 일, 그것은 전통의 복원으로 새로운 삶의 양식을 만드는 일이다.

두 이념-자연과 유기적 세계관

자연은 하나의 이념이다. 달리 동양적 자연주의라고 해도 될 법한 이것은 전통적으로 삶을 통어하는 원리와 척도로 존재해왔다. 이것은 단순한 자연친화가 아니라 그 나름의 이데올로기적 구조를 지니고 있는 삶의 논리이다. 전통적 사유형태인 이것은 서구의 낭만적 자연주의와 다르다. 서구의 그것이 문명과의 대립을 상정하고 있는 반면 우리의 전통은 인간과 현실의 전체성을 의미한다. 즉 그것은 하나의 전체를 의미하는 도(道)이다. 시조는 이러한 자연의 도에 이르는 과정의 표현이 되었다. 그런데 시조의 이러한 존재방식을 '타설(他說)'의 양식으로 규정하는 것은 잘못이다. 그것은 자연의 도라는 것이 미리 가정된 실체가 아니라 과정

그 자체 속에 내재하는 것이기 때문이다. 따라서 시조양식에서 외재적인 것과 내재적인 것의 분리는 불가능하다. 달리 말해서 이 속에는 공적인 것과 사적인 것이 묘하게 결합되어 있다는 것이다. 이 점은 사적 경향이 두드러진 현대시조의 경우에도 마찬가지이다. 현대시조의 사적 경향의 이면을 살피면 어김없이 공적인 가치들이 내재해 있음을 본다. 자연의 이념은 전통시조나 현대시조에 있어서 함께 그 전면 혹은 이면이 된다.

그런데 자연의 이념은 현실과의 맥락에서 더욱 분명해진다. 도학자적 강호시가를 포함하여 근대의 자연시에 이르기까지 자연은 정치현실과 깊은 관련을 가졌다. 이 경우 자연은 완전한 도덕적 이상의 등가물이었다. 현대시조 또한 자연을 자신의 이상과 일치시킨다. 회의주의적 발상법에 기초한 현대시조가 도덕적 완전주의와 결코 무관할 수 없는 것이기 때문이다. 현대시조의 지평에서 현실은 훼손과 부패와 타락의 양상을 지닌다. 이러한 회의적 현실은 현대시조의 존재 이유이기도 하다. 물론 자연의 이념이 피세(避世)와 안심입명(安心立命)을 가능하게 하는 소극적인 면이 없지 않다. 그리고 이는 자신의 계급적 이익을 고수하면서 현실로부터의 순결도 보장 받는 양수겸장의 측면도 없지 않다. 사실 전통적으로 자연이 풍류와 관조 그리고 규범이 된 이면에는 그것을 가능하게 하는 사회적 관계가 있었음을 부인하기는 어렵다. 자연을 배우고 즐긴다는 것은 결국 그러한 여유를 가능하게 해준 사회적 구조를 지속시키고자 하는 논리와 구분되지 않는다. 그러나 현대에 와서 자연은 재문맥화되고 있다. 자연의 이념을 재구성하는 일에 이데올로기적 혐의가 벗겨지고 새로운 적극성의 의미가 더해진다. 근대성이 만든 생태학적 재앙이 자연의 문맥을 재구성하고 있기 때문이다. 이러한 점에서 현대시조가 자연의 이념을 자신의 존재 의의로 내세우는 것은 바람직하다. 그리고 이것은 현대시조 양식 자체를 새롭게 인식하게 하는 기회를 만드는 일과도 유관하다.

자연의 이념은 다시 유기적 세계관으로 설명될 수 있다. 유기적 세계관은 유기체와의 유비(類比)에 의해 만들어진 사유형태이다. 이는 자연의 순환원리와 생명의 존재방식이 세계관으로 전화된 경우이다. 우선 이것은 과정의 실재성(實在性)을 중시한다. 생명체의 질서는 유기적으로 참여하는 과정으로 형성된다. 이 점은 근대의 인과론적, 결과론적 세계인식과 대비된다. 파시스트적인 속도에 의해 움직이고 있는 근대는 하나의 목표를 향해 달려가고 있는 직선적 움직임이 지배한다. 그러나 유기적 세계관은 생명과정의 상호관련성을 가장 중요하게 생각한다. 유기적 세계관은 존재와 가치의 문제에 있어서도 생명성과 생명적 연관을 강조한다. 여기서 하나의 살아있는 전체로서의 형식이라는 문제가 제기되는 바, 현대시조의 형식이야말로 이러한 유기적 형식을 대표한다. 그것은 살아있는 전체로서 열린 형식이 된다. 현대시조를 열린 형식이라고 할 때 이러한 유기론을 상정하지 않을 수 없을 것이다. 유기적 세계관은 이미 과정의 실재론에서 보았듯이 하나의 역사관이다. 이것은 자연의 순환에서와 같은 창조적 반복의 논리를 보인다. 현대시조에서 이러한 역사인식을 발견하기란 어렵지 않다.

현대시조는 패러디다. 그것은 전통적 양식을 패러디하여 전통의 권위를 통해 현대를 비판한다. 그러나 그것이 전통적 권위에만 의존하는 것은 아니다. 전통에 내재한 가치들을 복원하고 재구성함으로써 그것을 새로운 문맥으로 바꾼다. 새로운 문맥으로 자연의 이념이나 유기적 세계관이 현대시조에 또 다른 활력을 부여한다. 이 점에서 현대시조는 20년대 시조부흥운동 이후 다시 한번 전기를 맞고 있다.

전통 패러디의 양가성

현대시조가 지킴의 의식현상과 관련되어 있다는 것은 두

루 아는 일이다. 대부분의 시조시인들이 시조양식을 통하여 삶을 보수(補修)하고 있기 때문이다. 현대시조에서 의미의 적극성이 부각되지 않는 까닭이 여기에 있다. 보존의 논리. 그래서 늘 단아하고 소극적인 모습으로 존재하였다. 늘상 시조를 쓰는 행위가 균형감각의 회복이 된다. 다소 위태로와 보이는 중용의 세계. 왜 위태로운가? 그것은 늘 위협을 받기 때문이다. 현대라는 난장(亂場)이 절제와 중용을 남루(襤褸)로 만든다. 그러나 이것은 자신의 순결을 보존하기 위한 어쩔 수 없는 선택이다.

나는 마른 헝겊조각, 더없이 낡고 해진
길 모퉁이에 버려져 발 끝에 더러 채이다가
어느날 그 누군가의 손에 불현듯 쥐어졌네

그는 나의 쓸모를 묵묵히 헤아린 끝에
사랑은 젖어드는 일, 속속들이 젖는 일이라며
서늘한 한 두레박 물을 가만 끼얹어 주었네

마른 내 몸에 내 푸석푸석한 얼굴에
문득 생기가 돌아 촉촉히 젖는 하늘
비로소 나는 그로 인하여 겨운 목숨이었네

(이정환, 「남루(襤褸)의 시」 전문)

나는 이 시를 시조의 존재양식에 대한 한 은유로 읽고자 한다. 현대시조 쓰기는 낡은 형식에 생기를 더하는 일이다. 마른 헝겊조각이 물과 만나 다른 사물을 정화하는 걸레가 되듯이 현대시조는 새롭게 태어나는 기획 속에 있다. 그러나 그것은 "겨운 목숨"을 지녔다. 현대는 그들의 생존을 가꾸고 키우지 않는다. 늘 "길 모퉁이에 버려져 발 끝에 더러 채이"는 것들. 한편으로 그것은 사라져가는 것이고 다른 한편으로 그것이 지닌 본질연관성으로 하여 복원하지 않으면 안 되는 것이다. 현대적 삶은 생명 고유의 균형감각을 상실하고 있다. 문명이 만드는 기계적 세계관과 그 속도는 삶으로부터 진정한 활력을 빼앗아버렸다. 생명이 만드는 생기는 생활의 뒤안으로 밀려나고 사람들은 질주하는 문명의 열차에 그 몸을 맡기고 있을 뿐이다. 위안과 불안이 공존하는 현대적 삶은 그래서 절제 없는 속도에 취해 있다. 현대에 시조를 쓴다는 것은 문명의 시간과 속도에 가역(可逆)하는 일이다. 물론 시를 쓰는 일도 마찬가지이리라.

기다리며 마실수록 잔은 말이 없다
생각하며 마실수록 잔은 말이 없다

헐벗은 마음일수록 잔은 더욱 말이 없다

닿으면 되살아나는
무형의 언어들을
이 적요의 공간 속에 한없이 풀어 놓는 일
그대와 내가 가꾸는
절제의 온유함이여.
(이우걸,「잔」 전문)

절제의 온유함. 대부분의 시조시인들은 이것을 그들의 창작원리와 삶의 태도로 삼는다. 그들은 현대를 사는 중세인이다. 그러나 중세인이라는 표현을 말의 비꼼으로 받아들여서는 안 된다. 더 많은 진정한 가치들이 중세의 세계에 내재해 있었다고 해도 과언이 아닐 것이기 때문이다. 그들은 기다릴 줄 알며 생각할 줄 안다. 그러나 현대인들은 기다리지도 생각하지도 않는다. 누가 더 헐벗은 마음을 지녔는가. 절제의 온유함은 우리가 잃고 있는 덕목임에 틀림이 없다. 현대시조는 이러한 미덕을 보존한다는 점에서 여전히 의의를 지닌다. 그런데 이러한 절제가 존재의 구속을 뜻하는 것은 아니다. 현대시조가 많은 자유를 추구하고 있음이 사실이기 때문이다. 절제는 이러한 자유에 그어진 한계선을 뜻한다.

"이 적요의 공간 속에 한없이 풀어 놓는 일". 즉 '적요의 공간'이라는 하나의 가정된 전체 속에서 자유로운 변화를 추구하는 것이다. 그래서 현대의 시조시인들은 일탈과 구속의 긴장을 미적 원리로 삼는다. 이들이 만드는 미적 효과는 공인된 위반이 만든다. 만약 위반의 약속이라는 경계를 무한히 확장한다면 그것은 이미 시조의 양식을 벗어난다. 현대 시조 시인들은 그들이 만든 약속의 공동체 속에서 자유를 누린다. 그래서 유기적 세계관과 유기적 형식으로 그들과 그들의 창작물을 설명할 수 있다.

떠나야 할 시간이다
너는 바다로
나는 뭍으로

친구여, 마주서서 바라보면 그리운 순간들이 강물 빛으로 흘러가고 그 강물빛 뒤에 무너져내리던 눈물까지 떠남을 보는가. 문밖 서성이던 불안한 꿈도 바람되어 바람이 되어 떠남을 보는가. 번득이던 매운 칼날 음모의 눈초리 다 때려눕히고 끝내지킨 우리의 순결의 뜨락, 언 손을 호호 불며 책장을 넘기면 먼데 하늘 한자락이 내려와 봄몸살 일렁이던 것을 네 깨끗한 혼백 불러 바다 위로 흩으며 이제 잊혀짐을 위하여 기도할 시간이다.

가거라
빛 되어 가거라
맑고 고운
소리가 되어.
(이지엽,「떠도는 삼각형 7-風葬」 전문)

인용된 시조는 자유시와 달리 현대시조가 지니는 의의를 구체적으로 잘 드러내고 있는 한 예다. 친구의 죽음이라는 깊은 슬픔이 감상으로 흐르지 않고 잘 승화되어 있는바, 이것은 결코 시조의 양식이 만드는 긴장과 무관하지 않을 것이라 생각한다. 애이불상(哀而不傷). 초장에서 제시한 사별(死別)은 중장에서 그 연유와 감정의 제시로 고조되었다 종장에서 승화된다. 특히 애도의 염(念)을 나타내는 중장은 시적 자유를 부여하여 감정을 이완시키는 데 적절하고 종장은 이러한 감정을 수습하는 데 적합성을 지닌다. 이처럼 이완과 긴장 혹은 자유와 구속은 현대시조 양식의 미적 특성이다. 이러한 특성을 이 시조는 잘 드러내어 보여준다.

현대시조는 전통 패러디의 양가성을 지닌다. 한편으로 전통의 권위를 자기화하면서 다른 한편으로 그에 대한 위반으로 자신의 자유를 확보한다. 현대시조의 미학은 이러한 전통의 구속과 그것에 대한 위반의 자유가 만드는 긴장에서 나온다. 이러한 긴장은 사적인 것과 공적인 것, 구체와 보편을 연결시킨다. 전통 시조들이 공적인 감각이 우세하였다면 현대시조는 사적인 감각이 우세하다. 그러나 이들 모두 이 둘을 동전의 양면으로 삼고 있다는 점에서 같은 미학적 계보에 속한다.

> 접동꽃 피어 접동 몸둘 곳 없는 꽃잎
> 먼 불빛은 혼자서도 속속들이 뜨겁다
> 선홍빛 말끔한 소진 꽃은 텅 비어 있다
> (박권숙,「김소월」 전문)

박권숙은 현대시조가 패러디라는 측면을 누구보다 명확히 인식하고 그것을 자신의 미학적 수준으로 만들고 있다. 얼핏 그녀는 형식적 자유를 전혀 추구하고 있지 않은 듯 보인다. 그러나 그녀는 형식적 자유 대신에 수용자에게 일정한 정예주의를 요구한다. 그녀는 먼저 김소월과 그의「접동새」를 자신의 시조 위에 포갠다. 이를 통해 그녀 자신의 사적 정조를 김소월의 그것와 합침으로써 정서적 반향을 증폭시킨다. 그래서 종장에서 그녀가 만들고 있는 '텅 빈 꽃'

의 이미지는, 존재의 내밀한 비의(秘意)가 보편의 조건이 되게 한다.

탈근대를 꿈꾸며

현대시조가 새로운 중세를 지향하지 않는다는 것은 분명하다. 이보다 그것이 현대와 전통의 변증을 도모한다고 보아야 할 것이다. 이러한 변증에 탈근대라는 문제의식이 놓인다. 이러한 문제의식은 단순한 향수취향과 다르다. 그보다 시조양식의 고유한 두 이념—자연과 유기적 세계관—을 새로운 기획으로 가져오는 것이다. 자연이 재문맥화되고 유기적 세계관이 생태학적 상상력과 관련되듯이 현대시조 또한 탈근대의 한 양식으로 새롭게 태어날 수 있을 것이라 본다. 물론 이러한 나의 지적은 아직 하나의 가설이다. 그러나 그럼에도, 현대시조의 패러디성은 양식적 섞임과 상호소통을 만들어내고 있다고 할 수 있다. 따라서 전통과의 대화라는 현재의 요청을 어느 정도 수용할 수 있을 것이라고 본다.

패러디로서의 현대시조라는 규정은 시조를 탈근대 양식으로 인식하는 데 선결요건이 된다. 또한 이것은 현대시조를 열린 양식으로 이해하게 하고 그것의 가능성을 공인하게 한다. 현대시조의 가능성은 현대와 시조라는 모순에서가 아니라 그것들이 만드는 이중성에서 찾아진다. 즉 현대시조는 이중지시적 담론이다. 그래서 이것이 지니는 대화적 개방성에 그 가능성이 있다. 그러므로 탈근대는 두 가지 방향에서 가능하다. 그 하나는 전통적인 이념의 재구성이고 다른 하나는 양식적 실험이다.

2부

왜 제유인가

옥타비오 파스는 훌륭한 시인이지만 독창적인 시론을 많이 남겼다. 그는 「시와 시편」이라는 글의 첫머리에서 시에 대한 다양한 정의들을 열거한다. 이 정의들은 서로 만나고 충돌하며 상호모순을 만들기도 한다. 그러면서 시(poetry)라는 심오한 관념을 그려낸다.

"시는 앎이고 구원이며 힘이며 포기이다." 가장 처음 나오는 정의이다. '앎'과 '구원'과 '힘'과 '포기'가 한 문장 속에 있다. 모두 시를 지시한다. 과연 시는 어떠한 앎일까? 모티머 아들러에 의하면 마음의 사다리는 네 개의 단계로 구성된다. 정보-지식-이해-지혜. 이 가운데 시적인 앎은 어디에 속할까? 그 어디에도 속하지 않는 것으로 보인다. 시인의 지각에 의한 앎이어서 시인과 시편(poem)에 따라서 편차도 다양하다. 그런데 '구원'이라고 한다. 누구를 구원한다는 것일까? 시인인가, 시를 읽는 사람인가? 이 또한 의문만 커진다. '힘'은 어떠한가. 시쓰기가 '힘'이 된다는 뜻은 무엇일까? 분명 세속의 권력은 아닐 터이다. 존재를 가능하게 하고 성장시키는 힘인가, 아니면 사회를 변혁하는 힘인가? 여기다 '포기'는 어떤 의미를 갖는가? '포기'의 대상이 무엇일까? 욕망, 부, 권력, 가치? 이처럼 처음 정의부터 요해가 만만찮다. 이어지는 정의에서 답이 있을까? "시의 기능은 세상을 변화시키는 것이며 시적 행위는 본래 혁명적인 것이지만 정신의 수련으로서 내면적 해방의 방법이기도 하다." 시적 행위가 혁명적이어서 세상을 변화시킨다는 진술과 시는 정신의 수련으로 내면 해방의 방법이라는 주장이 양립할 수 있는가? 결국 주체와 세계의 문제인데 내부와 외부의 선후를 따지는 일은 무익할 것이다. "시는 이 세계를 드러내면서 다른 세계를 창조한다." 시인의 측면이 아니라 시인이 드러내는 세계라는 관점에서 그렇다. 시인의 측면은 어떠한가? "시는 선택받은 자들의 빵이자 저주받은 양식이다." 이쯤 읽으면 시와 시인과 세계에 대한 어느 정도의 윤곽에 도달한다. 그럼에도 시에 대한 정의는 계속 이어진다.

시는 격리시키면서 결합시킨다. 시는 여행에의 초대이자 귀향이다. 시는 들숨과 날숨이며 근육 운동이다. 시는 공(空)을 향한 기원이며 무(無)의 대화이다. 시의 양식은 권태와 고뇌와 절망이다. 시는 기도이며 탄원이고 현현이며 현존이다. 시는 악마를 쫓는 주문이고 맹세이며 마법이다. 시는 무의식의 승화이자 보상이고 응집이다. 시는 계급과 국가, 인종의 역사적 표현이면서 역사를 부정한다. 시 속에서 모든 객관적 갈등들이 해소되고 인간은 마침내 일시적으로 스쳐가는 것 이상의 어떤 것에 대한 의식을 얻게 된다. 시는 경험이며 느낌이고 감정이며 직관이고 방향성이 없는 사유이다. 시는 우연의 소산이자 계산된 결과물이다. 시는 세련된 형식을 사용하여 말하는 기술이자 원시적 언어이다. 시는 규칙에 복종하며 동시에 다른 규칙들을 창조한다.

시는 시인이라는 단독자의 개별성을 말한다. 우리의 '시언지(詩言志)'가 말하듯이 시인의 마음은 자신의 감정에 머물지 않는다. 자기로부터 나와 타자와 외부로 나아가는 행보를 거듭한다. 시는 천지의 마음으로 향한다. 따라서 시인의 개별 시편은 낱낱으로 분리되어 있지만 더 큰 공통 감각으로 결합한다. 상실이 일반화되고 지속가능한 경험이 사라지는 고향상실과 경험파괴의 시대에서 시는 사람들이 고향으로 돌아가는 다양한 방법을 제공한다. 소멸하고 죽어가는 것들 가운데 살아 숨 쉬는 생명의 영역이 시다. 시가 섣불리 미래를 말하지 않는 까닭이 무엇일까? 그것은 생명의 시원과 거처가 과거에 있기 때문이다. 시가 초대하는 여행은 대체로 귀향연습을 닮았다. 유년의 초록이며 물빛, 바람과 그늘을 통해 비루한 자아를 이격하게 한다. 더 나아가 사물과 존재의 근원이 공이고 무임을 깨우치게 한다. 언어로 된 시의 양식은 때 묻은 언어의 한계로 인하여 권태와 고뇌와 절망의 산물이지만 시가 지향하는 바는 기도와 탄원, 현현과 현존이다. 갈망과 명상이 진동하는 과정이 시이다. 더 큰 슬픔과 더 깊은 고요를 통해 시인이 도달하는 방법이 현현이다. 여기서 특히 주목되는 개념이 현현이다. 시적인 것으로 만드는 계기로 이미지를 강조하는 옥타비오 파스의 관점은 바로 현현이라는 말과 연결된다. 그는 "예술가는 이미지의 창조자, 즉 시인이다"라는 미학을 표명한다. 시는 먼저 언어를 넘어서는 언어이어야 한다. 가령 율격이 전제된 시조의 경우 그 형식의 틀에 따랐다고 하여 모두 시라고 할 수 있는가라는 의문을 던질 수 있다. 낱낱의 시편을 살려내는 완전한 새로움 없이 시적 지위를 보장받긴 어렵다. 유일무이한 이미지를 창출하는 것을 강조하는 까닭이 여기에 있다. 표현과 재현이 아니라 현현을 앞세우는 까닭도 여기에 있다.

세 개의 좌표인 주체와 세계 그리고 언어 가운데 표현은 주체의 위치에서 행해지는 발화이다. "시는 경험이며 느낌이고 감정이며 직관이고 방향성이 없는 사유"라는 규정에 상응한다. 표현의 시발은 감정을 드러내는 것이다. 대개 외물에 자아의 감정을 투사하는 방식이 선호된다. 자연스럽게 직유와 은유가 동원된다. 많은 사람들이 시적인 것의 발현방식으로 은유를 내세운다. 감정과 느낌을 표현하는 데 수월하기 때문이다. 그러나 시는 은유가 아니다. 그보다 리듬과 이미지가 시를 구성하는 주된 요소다. 그럼에도 은유를 중심에 두는 이유가 무엇일까? 그것은 감정과 느낌의 대상을 외부에서 쉽게 찾으려는 데 있다. 투사하고 감정이입하는 과정에서 바깥의 사물이 자아의 의지에 의해 징발되는 것이다. 따지고 보면 언어 자체가 은유이므로 은유가 시적 특성을 대변할 수 없다. 자아중심주의로 회수될 공산이 큰 은유와 달리 재현은 세계와 타자의 위치에서 작동한다. 대상들을 어떻게 그려내었느냐의 문제인데 시보다 소설 혹은 서사에 더 주효하다. 사실들을 나열하는 환유가 적합한 수사이다. 그런데 옥타비오 파스가 시는 "역사적 표현이면서 역사를 부정한다"라고 말할 때 이 말은 재현을 염두에 두고 있지 않다. 하나의 표현은 다른 표현으로 새롭게 창조되면서 시적 역사를 이룬다. 모든 시편은 역사적 맥락을 지닌다.

또한 역사를 부정한다. 파울 첼란은 "어떤 시인도 결코 타인의 문제로 말을 하지 않고 자신의 문제로만 말할 뿐"이라고 한 바 있다. 죽음의 수용소를 겪은 그이기에 그의 말이 절실하다. 첼란의 말처럼 시인은 자기의 문제로 싸워야 하는 존재이다. 세계는 그 다음이다. 시인의 싸움은 또한 언어와의 싸움이다. 외부의 사물을 도구로 삼는 은유가 이러한 고투에 큰 힘이 되지 못하는 것이 사실이다. 자칫 유희와 동어반복에 그칠 가능성도 없지 않다. 바로 인용문에서 옥타비오 파스가 '기술'이라고 말한 대목과 연관된다. 율격이 기술이라면 은유 또한 기술이다. 율격을 이겨내고 율동을 형성해야 하듯이 은유를 넘어서 실재를 말하려는 언어를 창출해야 한다. 그러므로 시는 율격과 은유가 아니며 율동과 이미지이다.

다시 옥타비오 파스가 말한 '현현과 현존'으로 돌아가자. 이 말에 상응하는 수사는 무엇일까? 그것은 제유이다. 제유는 모든 부분들이 전체와 내적으로 연결되어 있다는 관념의 표현이다. 모든 유기체의 생명 현상이 이와 같다. 그렇기 때문에 가장 원초적인 관념이자 수사이다. 그러나 인간의 역사는 이러한 관념으로부터 멀어져 왔다. 인간이 주체가 되어 세계를 포획한 것이다. 제유는 근본 비유이면서 배제되거나 억압되었다. 하지만 시인이 자아와의 싸움을 통해 더 큰 고통과 깊은 슬픔을 깨닫고 고요와 명상에 이를 때 도달하는 영역이 제유이다. 위장된 은유가 아니라 전체(혹은 정체) 공능의 표현인 셈이다. 옥파비오 파스는 이미지를 통하여 이러한 경계를 설명한다. "이미지가 됨으로써, 말은 말이면서 동시에 언어, 즉 역사적 의미화 작용으로 주어진 체계를 뛰어넘는다." 이를 그는 다시 "실재의 현시"라고 말한다. '현현과 현존'과 같은 의미를 지닌다. "한 번 걸러서 재현하는 것이 아니라 그대로 현시한다." 이를 통해 그가 지향하는 바는 실재에 대한 우리의 경험을 재창조하며 되살리는 것이다. 이를 그는 "부활"이라고 한다. "그러한 부활은 우리의 일상적인 경험의 부활일뿐만 아니라, 우리 삶의 가장 어둡고 멀리 떨어져 있는 부분의 부활이기도 하다."(옥타비오 파스, 「이미지」에서)

우체함 속에
새 한 마리가 둥지를 짓고 오도카니 앉아 있다
마치 날개 달린 편지 같다
벌써 산란 때가 되었나?
올봄도 찾아온, 저 초대하지 않은 손님
마치 제 집에 가구를 들여놓듯, 지푸라기를 물어 나르며
풀 둥지를 짓고 알을 품고 있다

바깥의 생을 몸으로 체득한,

우체함 속의 집

지금 새가 알을 품고 있으니 우편물을 투입하지 마시압!

우체함 속에 편지 대신 들어 있는 새 한 마리가

꼭 봄의 농담 같은,

잉크로 타이핑으로 쓰이지 않은,

백지의 난(卵) 속에 실핏줄로 쓴, 살아 있는 편지가

죽은 활자 대신 살아 있는 숨결이 느껴지는 것

봄의 농담이 아니라

濃淡 같은 것

(김신용, 「편지」 전문)

대상의 발견에서 이미지를 얻는 과정이 잘 드러나 있다. "마치 날개 달린 편지 같다"는 시인의 직접적인 감정의 표현은 곧 거두어진다. 시인은 외부를 통하여 내부를 사유한다. "바깥의 생을 몸으로 체득한"이라는 구절이 말하듯이 마음과 "새 한 마리"의 경계가 지워진다. 구체적인 대상이 이미지로 현현한다. 바로 "농담 같은 것"이다. 이 시에서 이미지는 다른 관념을 말하기 위해 동원되지 않는다. 시인의 경험과 사유가 외부와 만나 자연스럽게 뿜어져 나온다. 그 자체가 목적이 된 이미지이다. 그렇지만 이러한 이미지가 쉽게 형성되는 것은 아니다. 시인이 겪은 표현의 역사가 일군 결과이기 때문이다. 새 한 마리가 편지와 같다는 직유와 은유를 지나 '농담'이라는 이미지로 살아난다. 이와 같이 "몸으로 체득한" 시적 교감을 제유라 할 수 있을 것이다. 시편의 전 과정에 제유의 수사가 받치고 있는 시인으로 조용미를 들 수 있다. 그는 「물소리에 관한 소고」에서 "내 몸속 세포의 흐름이 저 물소리의 우주적 운율과 다르지 않아 또 몸에 귀 기울여야겠구나/이젠 몸을 떠나서 무엇을 할 수 있고 무엇을 알 수 있겠나 묻지 않는다"라고 진술하고 있다. 이 대목에서 옥타비오 파스의 다음과 같은 진술을 상기할 수 있다. "시는 인간이 자신으로부터 빠져나오는 동시에 원초적 존재로 돌아가게 만든다. 인간을 자기 자신이 되게 만드는 것이다. 인간은 자신의 이미지이다. 즉, 그 자신이며 타자이다. 리듬이고 이미지인 구(句)를 통하여 인간, 끊임없이 자신이 되고자 하는 자는 존재한다. 시는 '존재로 돌아가기'이다."(옥타비오 파스, 「이미지」에서) 조용미야말로 이미지와 운율을 통하여 존재를 드러내는 시인이다. 백무산 또한 인간의 조건과 투쟁하다 더 큰 세계로 귀환하였다. 모든 생명의 고통에 대한 깊은 인식에 도달한다. 가령 "태양은 따뜻한 중심이 아니라/제 몸이 뜨거워 불덩이를 사랑으로 마구잡이로 흩뿌리는 거다/주변에 있어 모두 손이 둘인 거다 모두가

겹핍돼 있어/손을 잡아야 일어설 수 있는 거다//아이들이 둥글게 앉아서 손을 잡고 논다/가운데는 죽은 술래만 앉는다."(백무산, 「주변뿐인 우주」에서) 텅 빈 중심과 주변으로 이루어진 세계란 바로 생명의 세계이다.

지연되는 화(和)의 미학

화(和)의 미학

현대시조 쓰기가 어려운 것은 벌써 현대와 시조의 결합에서 암시된다. 현대시조라는 용어가 단순하게 현대에 씌어지고 있는 시조를 두루 말하는 개념으로 쓰이는 것은 아닐 것이다. 만일 현대를 시기를 말하는 관형어 정도로 생각하여 오늘날 시조라는 이름으로 발표되는 이러저러한 작품들을 모두 싸잡아 현대시조라고 한다면 현대시조가 지녀야 할 고유한 미학적 지평은 그리 중요한 것이 못될 것이다. 나는 현대시조를 방법으로서의 전통 가운데 하나라 생각한다. 즉 현대시조를 중세의 보편 양식을 통하여 전통과 현대가 교섭하는 담론 행위로 받아들이는 것이다. 이럴 때 중세 미학의 보편 범주인 화(和)가 의미심장하게 부각된다.

그런데 현대시조에서 화는 끊임없이 지연된다. 그만큼 보편 미학의 새로운 형성이 어렵다는 것이다. 섣불리 화를 지향하면 파열하는 현대를 놓치게 되고 이와 달리 현대적 삶의 세목에 집착하다보면 미학적 목표를 망각하게 된다. 선비연하는 가장된 몸짓도 문제이지만 아무렇게나 끼워 맞추는 가벼움은 더욱 문제다. 현대시조는 결코 대중문화 장르로 자리잡은 삼행시와 같은 유행물이 될 수 없다. 그래서 더 많은 시적 긴장이 요구된다. 특히 율동과 이미지는 시조 쓰기의 미적 과정을 드러내는 표지들이다. 율동의 긴장과 이완이 만드는 효과를 잘 살리고, 응축된 이미지들을 솜씨 좋게 구조화해야 한다. 현대시조는 지연되는 화를 끝까지 놓치지 않고 그것을 지향하는 긴장된 과정의 미학을 자기의 것으로 삼아야 한다. 이럴 때 존재 이유가 설명된다.

그러나 다음과 같은 작품을 접하면서 실망이 앞선다.

나는 저 가스층의 빛을 바라보고
눈물의 성분을 생각하지 않기로 했다.
때로는 배신마저도
아름다운 밤에.

(김현, 「별」 전문)

도치를 제외하고 수사에 애쓴 흔적을 찾을 길이 없다. 율동의 효과는 물론 집약된 이미지를 발견할 수도 없다. 다소 멋을 부린 듯한 '눈물의 성분'조차 이미 너무 많은 이들이 써먹어 구체적인 정서를 나타내는 등가물로 받아들여지지 않는다. 급기야 행 구분을 무시하고 읽는다면 굳이 이것이 시조가 되어야 할 까닭을 찾을 수 없다. 가령 도치를 정치로 바꾸면 이렇다: "때로는 배신마저도 아름다운 밤에 나는 저 가스층의 빛을 바라보고 눈물의 성분을 생각하지 않기로 했다." 에세이나 소설의 한 대목에 어울릴 법하다. 그런데 구성원리상 종장의 지위를 생각한다면 도치된 어구 '때로는 배신마저도/아름다운 밤에'가 종장이 될 수도 없다. 이것이 이 작품의 의미를 집약하고 있는 것이 아니기 때문이다. 그러니까 이 작품은 우리말의 어절이 3 또는 4자로 되어 있다는 당연한 현상을 시조의 음보로 착각하면서 도치나 행 구분만으로 시조를 형성하려는 오류를 범하고 있다. 심하게 말하여 이 작품은 시조가 아니다. 어떻게 이런 작품이 발표되는지 궁금할 따름이다.

그럴까

정말 그럴까
해 지는 늦은 저녁
홀로 돌아오면서 앞서 사라지는
붉은 해 바라보면서
흔들리는 마음이다

정말 사람들에게 뜨거운 피가 있을까
바람 불고
몸 야위는
눈물 포개지는 밤
어둡고 가지런한 길
목이 잠겨
뜨겁다.

(조영일, 「사람들 가슴에는 뜨거운 피가 흐른다는데」)

이 작품은 제시된 형식을 해체하되 그 근본은 남겨두는 방식으로 긴장을 만들려는 의도를 보인다. 그러나 이러한 의도가 성공하고 있는 것으로 평가되지 않는다. 그것은 이 작품이 형식과의 싸움에 집착한 나머지 의미와 이미지 등 다른 부분들을 대부분 놓치고 있기 때문이다. 물론 주제를 나타내기 위하여 행 구분을 적절하게 활용하고 있는 점은 간과할 수 없다. 그렇지만 '정말 사람들에게 뜨거운 피가 있을까'라는 직설과 이러한 의문을 풀기 위해 동원된 이미지들이 시적 긴장을 포함하고 있는지 의심스럽다. 지는 해, 늦은 저녁, 붉은 해, 뜨거운 피, 부는 바람, 밤, 어둔 길, 잠긴 목 등은 상투적이지 않은가? 이 정도 주제를 이 정도 이미지로 시조를 구성하려 하면 안 될 것 같다. 낮 동안 사람에 실망하고 저녁 늦게 홀로 상처난 마음을 추스려야 한다는, 빈번한 일상사가 시조 양식에 의탁될 이유는 그리 많지 않다. 시조 쓰기가 쇄말적인 일상의 반복이 되는 것을 경계하지 않을 수 없다.

그런데 내가 설정한 현대시조의 미학에 분명하게 상응하는 것은 아니나, 고정국의 「하늘로 가는 보리새우」는 여러 가지로 주목된다.

1

해질녘 서쪽 하늘로 보리새우 행렬이 간다.

양떼구름 징검다리 저 양순한 등을 밟으며

붉게 탄 요르단강 건너 알몸뚱이 새우가 간다.

2

새벽 두 시 안주 접시에 미성년의 껍질을 까서

연한 살점 초장에 찍어 취객의 혀를 달래던 소녀
어젯밤 눈빛이 슬펐던 빨간 손톱 새우도 간다.

3
저 강에 약육강식 쇠붙이를 다 녹이고
제풀도 뜯고 뜯기던 앙갚음의 체위도 풀고
잘 익은 밀밭 길 따라 고행 가듯 구름이 간다.

우선 하늘로 가는 보리새우라는 제재의 선택에서 참신함을 느끼지 않을 수 없다. 참신한 제재 선택이 경박으로 떨어지는 경우가 자주 있으나 시인은 이를 피하고 긴장된 시적 전개 과정을 보인다. 1연의 종장에서 붉게 탄 요르단강/알몸뚱이 새우의 이미지 대비로 설정된 인간학은 2연에 이르러 욕망에 기초한 인간적 삶의 구체적 조건 제시로 심화된다. 그리고 3연에서 이러한 욕망을 넘어 진정한 존재가 현현되는 길이 나타난다. '보리새우' 그리고 이것이 변형된 '빨간 손톱 새우의 이미지'로 집약된 인간의 욕망은 구름의 이미지로 전환되면서 존재 방해(放解)의 방향으로 선회한다. 그러나 경우에 따라 1연에서 2연 그리고 3연에 이르는 과정이 너무 비약적이라는 지적도 있을 수 있다. 한꺼번에 너무 많은 것을 말하려 했기 때문이다. 그렇지만 어차피 이미지는 서사를 억압하고 분출하는 것이므로 시에서(특히 시조에서) 생략과 비약은 피할 수 없다. 때문에 1연의 요르단강 이미지에서 죽음의 기독교적 의미를 찾거나 3연의 구름에서 동양적 해탈을 상상하는 것은 해석의 자유에 속한다. 이를 모순이라고 말하는 것은 시에 관한 한, 우매에 가깝다. 시의 근본 지향은 존재자들의 세계를 환유적으로 나열하거나 설명하는 것이 아니라 숨겨진 존재를 드러내는 것이다. 현대 시조가 지향하는 화의 미학도 드러나지 않는 것의 드러남, 숨은 것의 나타남, 인식할 수 없는 것에 대한 인식을 포함한다. 이것은 근대(현대)에 의해 묻혀버린 보편 가치를 발굴하는 일과 관련된다.

형식의 죽음, 생(生)의 감각

시인들의 현대시조 쓰기는 내게 형식과의 긴장된 싸움으로 이해된다. 여기서 '긴장된 싸움'이라는 말에 주의할 필요가 있다. 이것은 세상의 그 흔한 뒷골목 싸움처럼 자신과 타자를 모두 내팽개치는 것이 아니라 싸우되 자신과 타자 모두 살아남는 방도를 강구해야 한다는 의미를 담고 있다. 만일 자기를 강하게 내세우면 주어진 형식은 죽어버리므로,

알게 모르게 시조 쓰기의 영역을 넘어서게 된다. 이와 달리 주어진 형식에 안주하려 들면 형식에 굴복한 초라한 자화상을 보이게 된다. 이래서 현대시조 쓰기가 어렵다. 이것은 이미 죽은 형식을 살리면서 이미 죽은 형식에 의해 죽임을 당하지 않아야 한다는 모순된 행위이다. 묘하게도 사도마조히즘의 심리 구조를 닮은 이것은 궁극적으로 생사(生死)의 은유가 된다. 다시 말해서 현대시조 쓰기의 길은 너 죽고 나 죽자 식의 자해 미학이 아니라 너도 살고 나도 살자, 라는 상생의 미학으로 이어진다. 이 때문에 이것은 주류 모더니즘의 난장에서 단순한 형식 패러디를 넘어 한 줄기 빛을 발한다.

먼저 이승은의 작품이 주목된다. 「잠을 벗다」와 「붕어빵의 시간」 두 작품 모두 형식과의 긴장된 곡예에서 성공하고 있다. 다음은 「붕어빵의 시간」이다.

> 휘청대던 골목 어귀 두 바퀴를 받쳐 놓고
> 시린 희망의 옆구리를 쓸어가며 눈물의 그 온기만큼 붕어빵이 익고 있다.
>
> 빵틀 속에 젖어드는 늦은 귀가길마다 눈뜬 채 식어가는 붕어빵의 시간들이여

흙바람 난장의 슬픔도 꼬챙이에 걸려 나온다.

이 시조는, 중장에 해당하는 2행과 3행의 파격으로 시적 화자가 이야기하고자 하는 바를 살리는 대신 서둘러 4행의 종장에서 의미를 집약함으로써 형식적 안정을 되찾는다. 초장의 도입이 중장으로 이어지면서 열려 퍼지고 있다면 종장은 이러한 열림을 닫는다. 열림과 닫힘, 자유와 구속의 긴장이 형성되고 있다. 그런데 이러한 긴장은 한정된 형식의 자유 안에서 삶의 구체적인 감각을 살려내고자 하는 시적 자아의 의도에 상응한다. 여기서 시적 의도는 붕어빵을 파는 사람과 그 주변을 지나는 사람들의 서로 인접하는 사건과 시간들을 '슬픔'이라는 유사성으로 결합하는 것이다. 그래서 '흙바람 난장의 슬픔도 꼬챙이에 걸려 나온다'라는 결말의 비약이 자연스럽다.

김연동의 「昏谷里 소고」는 기정 사실의 형식적 제약을 그대로 받아들이면서 형식을 자기의 것으로 만들고 있다. 많은 이들이 형식적 제약을 언어적 제약으로 해소함으로써 구속을 감내하고 있다는 인상을 주는 것과 달리, 김연동의 자연스런 언어들은 형식적인 제약을 거의 느낄 수 없다는 장점을 지녔다.

바람소리 하나에도 가슴 닫는 사람아

막 내린 가설무대 나팔소리 여운같은

혼곡리 허물어진 민가 허망 앞에 젖어 보라.

끊어진 길 위에는 낡은 문이 펄럭이고

스산한 갯바람만 버들처럼 휘청거리는

망초꽃 흐드러지게 저승이듯 환한 동네

이 시조에서 언어들은 형식적 제약을 미리 가정하여 졸아들지 않는다. 오히려 생생하게 살아있는 이미지들을 보임으로써 형식의 죽음을 넘어선 생의 감각을 잘 드러낸다. 그런데 이러한 감각은 결국 죽음에 직면한 감각이다. 죽음과 대면하고 있는 감각만큼 진실되고 생생한 것은 없다. '막 내린 가설무대', '혼곡리(昏谷里)', '허물어진 민가', '끊어진 길' 등의 이미지들이 환기하는 소멸과 죽음의 예감은 역설적이게도 생의 감각을 더욱 분명하게 한다. 둘째 수에 해당하는 4,

5, 6행을 혼곡리에 대한 구체적인 묘사로 이어간 것도 살아 있는 감각의 논리에 따른 것이라 할 수 있다. 따라서 마지막 행의 역설이 큰 울림을 준다. '망초꽃 흐드러지게 저승이듯 환한 동네'. 이로써 허한 마음의 가장자리가 환하게 밝아온다. 소멸하는 것들의 가운데서 생생한 삶이 되살아나는 것이다.

마지막으로 박정애의 「다도해(多島海)이야기(1)」를 주목한다.

> 통영 사랑도 말고 해도에 없는 사랑도 섬이 있네
> 사랑만 먹고사는 화분에 올린 귀화 요초,
> 먹어도 허기가 지는
> 쓸쓸한 환락의 섬.
>
> 그대 위한 내 사랑이 소금과 물로 분석되고 내 몸이 살과 뼈 허다한 말로 나뉠 뿐, 사랑을 하면 할수록 목마른 영혼 알지 못하네 내 안에 보름달 무거운 엉덩이 털고 일어나서 달랑 보따리 하나 오갈 데 없이 떠도는데 외롭고 가난한 난민, 눈뜬장님 따로 없네 살림 잘 하는 저 아낙, 오목조목 세간살이 빛이 나서 남아두고 넘지던 것 가슴 쓸어 가라앉히면 물위에 비친 해당화는 꽃이 아닌 영원이네

내 헤픈 정이야 산지사방 씨앗이듯 뿌렸으니
뒤척이다 돌아눕다 못이긴 척 일어나서
이 한 몸, 불 밝혔으니
가다가도 되 오겠네.

이 시에서 2연은 사설이다. 그것도 여성적 언어인 수다 혹은 넋두리 형식을 빌렸다. 그런데 이러한 2연을 가운데 두고 있는 1연과 3연은 시조 본래의 형식을 따르고 있다. 형식적 차원에서 1연과 3연이 2연을 가두리하고 있는 셈이다. 그러나 내용의 흐름을 좇아가면 1연과 3연의 형식이 전혀 2연에 대한 구속으로 느껴지지 않는다. 오히려 1연의 이야기 실마리 보이기, 2연의 이야기 풀이, 3연의 이야기 갈무리로 자연스런 연쇄를 보인다. 그렇다면 1연과 3연은 시적 의도에 가깝다. 이러한 의도에 따라 사랑과 이별, 몸과 영혼에 얽힌 담론들이 자연스럽게 풀렸다 맺히는 과정으로 전개된다. 이 시의 시적 화자는 자신의 몸을 떠다니는 섬인 '사랑도'에 비유하면서, 맺힌 삶을 풀이한다. 부유하는 삶이라는 점에서 자신을 '난민'에 비유하기도 한다. 그러나 완성된 여성성은 비록 지연되지만 영원한 갈망으로 남는다. 3연의 종장이 이러한 갈망을 시사하고 있다. 이 작품을 통하여 여성적인 삶에 내재한 맺힘과 풀림의 재귀적 반복 현상이 사설의 양식을 입어 적절하게 서술되고 있는 양상과 만날 수 있다.

현대시조의 고고학

시쓰기는 고고학에 비유될 수 있다. 이는 우선 시쓰기의 오랜 전통에서 그렇다. 적어도 시가 전통이나 전통적 삶이라는 원천을 망각하지 않는다면 현대에 의해 묻혀버린 과거를 발굴하는 고고학은 끊이지 않을 것이다. 시쓰기의 발상법 또한 고고학과 닮았다. 둘 다 되돌아보기를 방법적 원리로 삼는다. 이 둘은 모두 현재로부터 과거로 거슬러 올라 삶의 근거와 진정한 가치를 찾는다. 그런데 이 둘의 유사성에서 만나는 가장 큰 의의는 이들이 현대를 새롭게 하는 데 과거나 전통을 활용한다는 것이다. 고고학이 새로운 유적과 유물을 찾아서 인간을 재해석한다면, 시쓰기는 과거와 전통을 통하여 현대적 삶을 쇄신한다. 물론 모든 시쓰기가 고고학을 닮았다는 것은 아니다. 현대주의적 시쓰기는 고고학보다 고현학에 더욱 치중한다. 여기서 새로움이라는 물신주의에 깊게 빠져들고 있는 현대주의적 시쓰기에 대한 설명은 논의를 달리 하고자 한다. 짧은 지면으로 헤아리기 어려운 많은 이야기들이 필요하기 때문이다.

이쯤에서 현대시조 쓰기를 고고학에 비유하는 것은 그리 어렵지 않을 것이다. 현대시조는 단순한 복고주의가 아니며 고지식한 보수주의도 아니다. 이것은 이미 지나간 시간과 공간으로부터 참 가치를 발굴하여 오늘의 부박한 삶을 보수(補修)하려 한다. 정해송의 「열쇠공의 노래」는 이러한 현대시조 쓰기의 원리를 설명하는 데 적절한 예가 아닌가 한다.

길손은 밤길 걷다 古家를 만났습니다.
솟을대문은 해를 품고 새벽빛에 싸였는데
누군가 자물쇠 물려 드는 것을 금합니다.

발원하는 손을 모아 닫힌 문을 두드려도
이끼 낀 시간들은 대바람에 서늘하고
시원(始原)의 저 물소리만 기왓골을 울립니다.

딱 맞는 열쇠 찾아 千의 쇠를 깎습니다.
뼈를 깎듯 다듬어서 세월 끝에 홀로 서면
가풍을 지키는 기침소리가 카랑카랑 들립니다.

선택된 이미지들에서 참신함을 얻을 수 있는 것은 아니

나 전통을 찾는 일을 열쇠공에 비유한 관점의 신선함을 읽게 하는 시이다. 현대를 살면서 전통을 찾는 일이 일상에서 커튼을 젖히는 정도로 쉬운 일일 수 없다. 밤새 어둠을 헤치는 길손의 고통도 있어야 하고 현대에 길든 마음을 다스리고 청명한 감각을 회복하려는 노력도 필요하며 경우에 따라 종교적인 경건도 뒤따라야 하는 것이다. 그럴 때 전통은 현대를 반성하고 성찰하는 계기로 발전한다. 인용시가 말하고자 하는 것도 전통 찾기의 한 과정인 바, 그러나 우리의 관심이 이 시가 말하듯 '가풍을 지키려는 카랑카랑한 기침소리'에 한정되지 않음을 지적할 필요가 있다.

송필란의 「선운사 배롱나무 꽃을 피워 올리다」도 현대시조 쓰기의 원리에 충실하다.

> 천지간 오롯이 절 한 채 지어 올렸다
> 붉은 전구같은 풍경들을 환하게 매단
> 古家의 구불거리는 나무등걸에 삼배(三拜)하다

'붉은 전구같은 풍경들을 환하게 매단 고가'라는 표현이 돋보이는 이 시도 풍경에서 이루어지는 현대시조의 고고학을 보인다. 지적할 것도 없는 것이지만, 지금 말하고 있는 고고학은 글쓰기의 원리이므로 글쓰기의 실제에 그대로 노출

될 필요는 없다. 그렇기 때문에 인용시에서 선운사의 배롱나무 꽃과 만나 삶의 기원과 근원을 헤집는 일이 값지다. 그런데 송필란의 또 다른 시인 「선운사 달빛에 전축을 걸다」는 앞서 말한 시쓰기의 원리를 문면에 노출함으로써 애써 진행시키고 있는 작업들의 가치를 떨어뜨리고 있어 아쉽다.

흘러간 유행가를 누군가 흥얼거린다
바늘 끝 같은 기억들, 마음의 패인 골을 따라
추억은 재생되는 것이다, 저 달빛처럼 희미하게

'그토록 믿어왔던 그 사람 돌아—설—줄이야'
낡아빠진 LP판의 홈을 다시 후벼 파내며
마음의 오랜 상처를 더듬어 울어대는 것이다

디지털 시대에 아날로그 방식으로
추억의 서글픈 잡음들이 찌직거리며
가슴을 찢어놓는 것이다, 숨통을 막는 것이다

이 시에서 시인의 의도가 노출되면서 긴장이 흐려지고 있는 현상을 느끼기 어렵지 않을 것이다. 긴장과 압축이 요구되는 시조쓰기에서 설명은 거의 금기에 가까운 것인데 매연 설명이 개입하고 있어 흠이 되었다. 설명을 없애고 이미지에 의한 묘사로 대신해야 하며 경우에 따라서 3연을 삭제하는 편이 좋을 것이다. 매 연 등장하는 설명을 3연이 거듭 설명하고 있어 표제에서 유발된 기대가 일정한 성취로 귀결되지 못한다.

장수현의 「교감(交感)」에서 현대시조 쓰기의 고고학적 의의와 만난다. 형식 실험으로 본래의 시조형식이 많이 해체된 가운데서 형성되고 있는 아슬아슬한 균형이나 묘사로써 이미지에 집중되는 긴장은 나타내고자 하는 의미에 상응하여 시적 성취로 판단된다.

늙은 소
한 마리가
온 들판을 끌 수 있는 것
억센 힘이 아니라
흙의 표정을 읽는 까닭이다

생살을
다 터트리고서야
발돋움하는
봄,

들판

초장과 중장에 해당하는 1연은 거의 설명에 가깝다. 그런데 이러한 설명이 종장에 해당하는 2연에 의해 이미지로 변하면서 그 의미들이 비약한다. 즉 1연에서 쉽게 접근되는 의미가 2연에서 상승하는 긴장으로 전화되고 있다. 이리하여 이 시는 생명의 교감이 이루어지는, 생명간의 역동성과 연속성과 전체성 등 많은 의미를 함축하게 된다. 이처럼 현대시조 쓰기에서 나타난 장수현의 재능은 「여름내, 그곳에서 취하다」에서도 유감없이 발휘된다.

저물어 가는 공사장
한 귀퉁이에서 불 지핀다

어린 짐승 등허리 핥듯
피어오르는 불의 혓바닥 들

여름내 타들어간 몸
소금꽃은 돋아난다

잦아드는 불길 속으로

빈 술병 던져 넣고

애써 울음을 삼키고 있는
눈시울이 붉다, 붉다

몸 누일 방 한 칸 없어도
고향은 그리운 법이다

이처럼 장수현은 생의 한 단면을 압축된 형식과 이미지로 그려내고 있다. 공사장 한 귀퉁이에서 지핀 불과 여름내 타들어간 몸 그리고 불이 되는 물인 술과 붉은 눈시울 등이 연쇄반응을 일으키면서 마침내 이 시의 정황이 되고 있는 삶과 이 삶의 이면인 고향이 대비되는 데 이른다. 이 시 또한 현대를 고고학적 관점으로 바라보고 있다. 그러나 현대시조의 고고학은 이러한 관점만을 말하는 것이 아니다. 무엇보다 보는 것을 통하여 많은 의미를 말할 수 있어야 한다. 이를 위해 형식의 적절한 변용과 율동의 활용 등이 이미지의 집약과 함께 균형을 이루어야 할 것이다.

시조 속의 꽃의 미학

1.

사라 알란은 공자와 노자의 글에서 물(水)의 이미지를 해석하면서 나무와 더불어 이를 '뿌리은유(root metaphor)'라 한 바 있다. "한 문화 안에서 근본적인 가치들은 그 문화의 가장 기본적인 개념들의 은유구조와 밀접하다"는 레이코프와 존슨의 명제에 바탕을 두면서 그는 이를 다시 뿌리은유로 번역하였다. 꽃말이 일반화된 것은 서양이다. 꽃말은 글이나 말 대신에 꽃과 식물에 담긴 의미와 상징을 통해 상대에게 자신의 생각을 암묵적이면서 효과적으로 전달하는 방법을 말한다. 그렇다면 동아시아에 꽃말이 없는가? 서양처럼 체계화된 것은 없다고 하더라도 꽃이라는 기호를 통하여 의미를 전달하는 방식은 오랜 전통이다. 나카무라 고이치(中村公一)는 식물을 통한 상징법을 “중국적인 꽃말”이라 정의한 바 있다.(『꽃의 중국문화사』) 그는 화초와 과실을 주고받는 행위와 각각의 식물에 대한 감정과 정서를 바탕으로 동양의 꽃말을 정리하였다.

동양에서 꽃은 앞서 말한 물이나 나무(식물)에 비하여 제한적인 위상에 놓일 수밖에 없다. 생명의 전체론적인 연관성을 중요한 사유방식으로 생각하는 동아시아에서 꽃은 식물의 한 과정에 불과하다. “A는 범주 B에 속한다”든가 “모든 존재는 이어져 있다”는 의미를 내용으로 하는 뿌리은유에 적합한 것은 물과 나무이다. 순환하는 생명이나 성장의 전 과정을 나타내기에 이들이 더 알맞기 때문이다. 확실히 꽃은 식물의 한 부분이다. 줄기에 잎이 나고 꽃이 피고 열매를 맺는 과정 속에 그것의 위상이 있다. 그럼에도 꽃은 잎이나 줄기와 다른 함의를 가질 때가 많다. 비록 유기론적 사유방식을 표현하는 뿌리은유는 아니라 하더라도 그에 상응하는 비유라 할 수 있을 것이다.

두루 알려져 있듯이 동아시아에서 가장 자주 언급되는 꽃은 선비의 삶을 은유하는 매화, 난초, 국화와 불교의 연꽃 등이다. 가람 이병기는 난과 매화를 시조 속에 담으면서 그와 같은 기품의 삶을 살려한 시인이다.

> 한손에 책을 들고 조오다 선뜻 깨니
> 드는 볕 비껴가고 서늘바람이 일어 오고
> 난초는 두어 봉오리 바야흐로 벌어라
> (이병기, 「난초 1」 전문)

책은 독서인(讀書人)인 선비의 필수품이다. 초장에서 우리가 만나는 것 또한 책을 들고서 졸다 깨는 선비의 여유로운 표정이다. 그런데 시 속의 주인공을 졸게 만든 것은 그를 둘러싼 기운이다. 비껴가는 볕과 서늘한 바람이 그러한데, 이러한 기(氣)의 흐름 속에서 난초도 봉오리를 벌린다. 얼핏 일상의 한 장면을 말하고 있는 듯하지만 이 시가 전하는 의미는 화해(和諧)의 미학에 있다. 시적 자아와 햇볕과 바람과 난초가 서로 분리된 사물이 아니라 생명적인 연관 속에서 연결되어 있다는 것이다. 이들은 서로 생성하고 화육(化育)하는 관계를 지닌다. 모두 대생기(大生氣)의 일부인 것이다. 물론 가람이 이러한 유기론적인 사유를 말하기 위하여 난초를 앞세운 것은 아니다. 유기론적인 사유 방식은 가람에게 있어 거의 무의식적인 수준에 가깝다. 그것은 사유의 바탕이므로 특별히 내세울 까닭이 없는 것이다. 가람에게 난초는 자기정체성과 자기동일성을 나타내는 표상으로 부각된다. 난초를 가꾸는 취미를 통하여 마음의 공부를 지속하는 것이다. 「난초」연작은 앞서 인용한 「난초1」의 개화로부터 난초와 더불어 사는 삶의 모습을 진술하고 있는 「난초2」, 「난초3」을 거처 「난초4」에서 극치에 이른다. 「난초2」가 난초에 대한 시적 자아의 사랑을 말한다면 「난초3」은 시적 자아와 난초가 상호 교응하는 과정을 서술한다. "나도 저를 못 잊거니 저도 나를 따르는지"라고 「난초3」의 2연 초장이 진술하고 있듯이 시적 화자는 난초와 대대(待對)의 관계를 지속한다. 그리고 마침내 다음과 같이 「난초4」의 절창으로 귀결한다.

빼어난 가는 잎새 굳은 듯 보드랍고
자줏빛 굵은 대공 하얀한 꽃이 벌고
이슬은 구슬이 되어 마디마디 달렸다

본래 그 마음은 깨끗함을 즐겨하여
정한 모래 틈에 뿌리를 서려 두고
미진도 가까이 않고 우로 받아 사느니라

「난초」 연작은 그 자체로 기승전결의 형식을 지닌다. 결에 해당하는 「난초4」는 난초의 생태와 시적 자아의 삶을 하나의 지평 위에 두는 데서 끝난다. 1연이 난초의 외양을 묘사하고 있는 반면 "본래 그 마음은 깨끗함을 즐겨하여"로 시작하는 2연은 시적 자아와 난초의 동일한 삶의 양식을 말하고 있다. 시적 자아와 난초의 통합을 이루는 것은 '마음'이라는 시어이다. 따라서 난초는 가람의 심학(心學)의 표상이 된다. 가람은 난초 외에도 「청매」 연작을 위시하여 많은 꽃에 관한 시조를 남기고 있다. 대부분 선비의 청정한 삶에 대한 은유로 차용하거나 삶에 대한 태도와 의지를 나타내는 이미지로 활용하고 있다.

2.

초정 김상옥이 공식적으로 문단에 데뷔한 것은 『문장』에 시조 「鳳仙花」가 가람 이병기에 의해 추천된 1939년 10월이다. 실질적인 등단작으로 알려진 「봉선화」는 다음과 같다.

비오자 장독간에 봉선화 만발 벌어
해마다 피는 꽃을 나만 두고 볼것인가
세세한 사연을 적어 누님께로 보내자

누님이 편지 보며 하마 울가 웃으실가
눈앞에 삼삼이는 고향집을 그리시고
손톱에 꽃물 들이던 그 날 생각하시리

양지에 마주 앉아 실로 찬찬 매어주던
하얀 손 가락가락이 연붉은 그 손톱을
지금은 꿈속에 본 듯 힘줄만이 서노나
(김상옥, 「봉선화」 전문)

소박하면서도 진솔한 서정의 품격을 갖춘 시조이다. 선자인 가람은 이 작품에 대하여 다음처럼 평한다: "봉선화! 이 꽃을 보고 누님을 생각고 누님과 함께 자라나던 옛날을 생각한 것이 또한 봉선화 모양으로 연연하기도 하고, 아기자기하기도 하고, 그리고 서글프기도 하다. "하얀손 가락가락이 연붉은 그 손톱을/지금은 꿈속에 본 듯 힘줄만이 서노나" 하는 것이 얼마나 그립고 놀라운 일이냐. 이런 정이야 누구나 가질 수 있지마는, 이런 표현만은 할 이가 그리 많지 못할 것이다. 타고난 시인이 아니고는 아니될 것이다. 쓰는 말법도 남달리 익숙한바, "삼삼이는"과 같은 말을 쓴 선그 묘미를 얻은 것이다. 항용 말을 휘몰아 잘 쓰기도 어려운 바, 한층 더 나아가 새로운 말법—우리 어감, 어례를 새롭게 살리는 말법을 쓰는 것이 더욱 용하다. 그러나 앞으로 더 양양한 길이 있는 이 시인으로서 다만 봉선화 시인으로만 그치지 말기를 바란다." 가람의 말처럼 확실히 초정은 봉선화 시인으로 그치지 않았다. 시조, 동시, 자유시의 세 영역을 넘나드는데, 이미 이러한 자유가 봉선화를 통하여 누님을 추억하는 인용시에서 드러난다. 그는 시조에 적합한 언어를 찾아 쓰는 고전적 태도를 버리고 일상적인 언어를 자연스럽게 도입하고 있다. 실제로 김상옥은 시와 시조를 굳이 구분하려 들지 않았다. 그만큼 자연스럽게 그 경계를 넘나든 것이다. 봉숭아를 매개로 시집간 누나를 생각하고 그 누나가 그릴 고향의 추억을 상상하는 한편 누나와 시적 주인공이 함께한 고향 이야기를 서술하는 과정이 지극히 순조롭다. 이처럼 초정은 꽃의 이미지를 매개로 기억과 상상을 오가는 시적 과정을 연출한다.

생활과 미학의 거리낌 없는 소통을 염두에 두면서 미적 경계를 형성한 김상옥과 달리 정완영은 시적 대상의 숭고에 이르려는 경향을 나타낸다.

> 차라리 하나의 산맥 그루는 세월 아프다
>
> 높고 먼 사려의 하늘 영 너머 별빛이 돋듯

잠 다 든 이 아닌 밤에 매화여, 등을 켰는가.

깊숙이 목숨을 살아 동토에 뿌리를 한 채
매운 뜻 불씨로 묻고 외론 맘 강물로 풀다
한 치 땅 영위일망정 삼동을 무릅썼거라.

오뇌도 불 꺼진 창가 은은히 그림자 놓고
다스려 다 못한 심사 생각은 현없이 우네
꿈 겨워 일편 현월도 가다가 머무렀고나.
(정완영, 「매화야」 전문)

태도와 목소리에서 정완영은 대상에 대한 경배가 강렬하다. 1연에서 산맥과 세월, 하늘과 별빛 같은 이미지들과 "매화"가 동렬에 놓인다. 대상에 대한 과장이 뚜렷하다. 종장에서 "등"에 비유되는 "매화"가 "산맥 그루는 세월"과 "사려의 하늘"에서 돋는 "별빛"과 납득할만한 이미지 연쇄를 형성하고 있지 못하다. 다만 매화가 환하게 핀 밤에 대한 시적 화자의 감탄의 태도가 전경화되고 있을 뿐이다. 이미지들이 만드는 분위기는 2연에서도 마찬가지다. "동토"와 "삼동"을 견딘 "불씨"와 같은 "뿌리"라는 이미지가 그렇다. "오뇌"가 그림자 놓고 "심사"가 울며 하늘의 달도 가다가 멈춘다는 3

연에 이르러 이미지들의 불연속이 지나치다. 수사의 과잉과 각 연의 종장에 쓰인 "켰는가", "무릅썼거라", "머무렀고나"와 같은 압도적인 목소리가 이 시조를 이끄는 힘이 되고 있다. 그러므로 정작 생활과 삶의 연속으로 나타날 우아의 미학은 삭제되고 어설픈 숭고가 이 시조의 미학적 잉여가 된다. 이처럼 시적 대상에 굴복하는 태도를 지닌 시조는 상투적인 목소리만 남긴다. 이에 비하여 김상옥의 「싸리꽃」은 어떠한가? "그 꽃은/작은 싸리꽃/아 산들한 가을이었다.// 봄 여름/가리지 않고/언제나 가을이었다.//말라서/바스라져도/향기 남은 가을이었다." 그야말로 "싸리꽃"을 가을의 이미지로 증폭하고 있지 않은가? 이 경우 이미지는 사상으로 진전될 가능성이 높다. 즉 "싸리꽃"은 "가을"의 사상이다. 또 다른 예로 다음과 같은 시조는 어떨까?

> 난 있는 방이든가, 마음도 귀가 밝다.
> 얼마를 닦았기에 눈빛마저 심심한고
> 흰 장지 구만리 바깥, 손 내밀 듯 뵈인다.
> (김상옥, 「난 있는 방」 전문)

벌써 초장에서 시적 화자는 공감각을 보인다. 마음과 귀의 밝음이 그렇다. 감각적 이미지들은 서로 나뉘어 있는 것이 아니다. 그것은 모두 공통감각 안에서 활동한다. 중장은 자연스럽지만 심오하다. 시조의 묘미가 한껏 뿜어 나오는 대목이 아닌가 한다. "얼마나 닦았기에 눈빛마저 심심한고"라는 표현이 있으므로 종장의 "흰 장지 구만리 바깥"이 과장으로 느껴지지 않는 것이다. 마음과 귀와 눈빛을 밝게 닦았기 때문이다. 시적 자아의 내부를 "난"을 매개로 정화함으로써 외부의 열린 지평으로 나아가는 과정이 분명하다. 김교한의 다음과 같은 시조에서도 편안하게 사물을 다루면서 깊은 의미를 걸러내는 솜씨를 엿볼 수 있다.

남들이 저질러 놓은
시름을 다 거두고
비명 소리 쫓겨가는
그림자를 어루만지며
다 놓친 계절의 들녘에
석별의 수를 놓는다
(김교한, 「들국화」 전문)

간결하면서 "들국화"의 이미지를 잘 그리고 있는 시조이다. 김상옥과 마찬가지로 과장이 없다. 그럼에도 가을 들녘에 남겨진 "들국화"를 표현하기에 적합한 사건과 정황들이 배치되어 있다. 농민의 "시름"이며 쫓기는 자의 "그림자"를 어루만지면서 계절의 끝자락을 수놓고 있는 "들국화"는 매우 날카로운 감각으로 포착된 이미지이다. 더군다나 "다 놓친 계절"과 같은 표현은 삶의 곤경과 이를 위무하는 자연의 의미를 잘 나타낸다.

3.

현대시조는 닫힌 자유이자 열린 체계이다. 만약 형식 안의 자유를 구가하지 못하고 닫힌 체계를 답습한다면 이는 고전주의적 정격에 의탁하는 일이 된다. 닫힘과 열림, 자유와 구속, 체계와 비체계라는 대립항이 형식과 내용의 양 측면에서 조화를 이루는 일은 쉽지 않다. 그래서 꽃이 시조 형식의 불안한 긴장을 벌충할 소재주의로 차용될 가능성도 높은 것이다. 따라서 꽃이라는 대상이 구체적 삶이라는 문맥 안에서 그려질 때 현대시조의 변증법을 성취하는 과정으로 발전할 수 있다.

쑥구렁, 가시덤불

핍박받은 이조의 땅

살도 뼈도 썩어내린
주검의 굴형에서

용하다
붉은 피톨의
꽃대궁을 내밀고.

대둔산 깊은 골짝,
비바람 할퀸 자리

돈도 빽도 바이 없는
더벅머리 상사화야.

그 누가 저지른 죄를
너를 빌어 참수하나……
(윤금초, 「꽃의 변증법1」 전문)

무엇보다 표제를 "꽃의 변증법"이라고 한 데 주목이 간다. 꽃을 단지 하나의 대상으로 바라보지 않고 삶의 문맥 안에서 그 의미를 부여하려는 의도가 담겨 있는 것이라 할 수 있다. 1연에서 시인은 핍박의 땅에서 붉은 핏빛으로 피어나는 꽃에 민중의 역사성을 부가한다. 살육의 현장에서 피어난 꽃이므로 이러한 의미가 선연하다. 이 시조의 의미를 보다 심화하는 것은 2연이다. 2연 중장의 "돈도 빽도 바이 없는/더벅머리 상사화"를 바라보면서 "그 누가 저지른 죄를/너를 빌어 참수하나"라고 진술하는 데 이르러 1연의 역사성은 현실성으로 귀환한다. 이처럼 윤금초는 역사를 품은 대지와 그 위에서 자라는 꽃을 동시에 응시함으로써 꽃의 의미론을 풍부하게 한다. 가령 「꽃, 모반의 7월」도 같은 시적 방법으로 쓰였다. "흘레붙듯/흘레붙듯/숨 겨운 이생의/한때"로 시작하는 이 시조는 분명 정격시조의 율격을 벗어난 가락을 지녔다. 그렇다고 심각한 파격으로 기우는 것은 아닌데 "솔기 닳은/생애의 즐문/소금쩍이 일고 있다."로 이어지는 구절에 이르기까지 의미를 헤아리기 쉽지 않다. 그러나 이는 "주사빛/노을을 접는/추레한/꽃의 둔부"에 이르러 명료해진다. 꽃이 식물의 생식기라는 사실을 신산한 삶을 산 한 여성에 비유하고 있는 것이다. 그리고 이어지는 2연에서 여성에 유비되는 꽃의 강인한 생명력을 그리고 있는바 이러한 생명력은 곧 민중의 저항성과 다를 바 없다. "불 먹은 듯/불 먹은 듯/각시투구꽃 권속들이//알종아리 와락 걷고/가시버시 어깨 겯다//아, 울컥/미친/맹독의/날 선 칼을/겨눈다."

"각시투구꽃"의 생태가 민중의 끈질긴 생명의지와 겹쳐 해석되는 대목이다. 이처럼 윤금초는 이미지의 변증법을 염두에 두고 있다. 그것은 구체적인 삶과 사물의 역사를 한데 통합하려는 의지의 발로이다.

박시교는 꽃을 "절벽"의 이미지로 전환시키고 있다. 그는 「꽃 또는 절벽」에서 삶-꽃-감탄사-절벽이라는 이미지들의 결합을 유도한다. "누구나 바라잖으리/그 삶이/꽃이기를,/더러는 눈부시게/활짝 핀/감탄사기를,/아, 하고/가슴을 때리는/순간의/절벽이기를". "삶"이 "꽃"과 "감탄사"와 "절벽"로 비유되는 과정에 유기적인 관계나 필연성은 없다. 이들 이미지들은 모두 우연성에 의해 병치되어 있다. 이러한 애매성이 이 시조가 지닌 개방성이다.

이우걸의 「모란」은 단아한 절창이다.

피면 지리라
지면 잊으리라
눈 감고 길어 올리는 그대 만장 그리움의 강
져서도 잊혀지지 않는
내 영혼의
자줏빛 상처.
(이우걸, 「모란」 전문)

달리 해석이 필요 없는 시조이다. 하이데거가 땅에 닿으면 사라질 눈과 같은 것이 해석이라고 했을 때 이러한 시조를 두고 한 말이라 생각한다. 그럼에도 중장의 반전을 지적하고자 한다. 잊으려는 의지와 달리 상처는 기억되는 법이다. "그리움의 강"이 깊고 넓고 길기 때문이다. 그러므로 "모란"이 "내 영혼의/자줏빛 상처"로 비유되는 일에 절실한 울림이 있다. 그런데 이우걸의 미학은 "우아한 상처"라는 역설에 있다. 가령 이러한 미학은 「달맞이꽃」과 같은 시조에서 잘 나타난다.

작은 웃음 보이며, 맑게 맑게 반짝이며
노을 속에 서 있는 산 개울가의 너는
장님이 데리고 가던
어느 딸애의 살결 같은 꽃.

이우걸은 "달맞이꽃"을 "장님"의 "딸애의 살결"에 비유함으로써 고움과 슬픔의 결합을 유도한다. 한국의 미학을 대표하는 두 범주는 한과 멋이다. 한을 넘어서 상승하는 멋을 추구하는 것이 우리의 미적 지향이라고 할 때 이는 이우걸 시조가 정향하는 바와 일치한다. 골계를 품은 우아는 그늘을 지닌 아름다움이다. 인용한 시조에서 "달맞이꽃"의 이미지 또한 그늘의 미학과 연관된다.

꽃들은 보충 질문처럼 조금씩 열려 있다
벌들은 그 문을 잘 알고 드나든다
친수성 잎들이 빚은 신록 같은 이 아침.

스스로는 알 수 없는 생의 유한 때문에
항상 웃고 있지만 슬픈 바코드다
꼭 한 번 맞고 싶었던 이 절정의 순간에도.

언젠가 일궈야 할 나만의 영토를 위해
상처만큼 더 깊숙이 문신을 새기며 산다
향 깊은 목숨일수록 억센 가시 세우며.

유통기한 지난 것들은 사체처럼 부식한다
전율과 응혈이 그 안에 담겨 있다
받은 명 곱게 익혀서 씨앗으로 남기기 위해.
(이우걸, 「꽃」 전문)

이 시는 이우걸이 지닌 꽃의 의미론을 집약하고 있다. 꽃과 벌의 관계는 틈과 사이로 이어진 생명의 그물 안에 있다. 그러나 꽃은 그 유한성으로 인하여 "슬픈 바코드"에 다를 바 없다. 이는 벌이나 나무 그리고 인간도 마찬가지다. 그렇기 때문에 "꽃"이라는 "슬픈 바코드"는 제유(提喩)이다. 삶과 생명의 전체 이치를 나타내는 기호이다. 이러한 "꽃"은 "절정의 순간에도" 죽음을 사유하는 양식이다. 에로스와 타나토스가 동일한 자리에 있다. 이처럼 꽃은 생명의 복합성을 나타내는 표상이다. 그러나 이것은 모든 존재의 양식과 일치한다. 앞서 말한 그늘의 미학에 상응한다. "상처만큼 더 깊숙이 문신을 새기며" 사는 까닭이나 "향 깊은 목숨일수록 억센 가시 세우며" 존재를 세워야 하는 이유가 삶의 조건 속에 있다. 4연이 말하듯이 순명은 모든 살아있는 존재가 피할 수 없는 원칙이다. 이우걸은 이러한 순명의 철학을 "꽃"이라는 표상을 통하여 제시한다. 순명은 자연과 더불어 살며 생성하고 소멸하며 서로 돕고 기르는 과정이다.

4.

이우걸이 꽃의 이미지를 통하여 우아한 상처의 미학을 보였다면 유재영은 꽃을 매개로 삶에 내재한 고요한 슬픔을 보여준다. 슬픔은 유한한 생명의 본성에 가깝다. 연민과 공감은 이러한 슬픔의 본질에 대한 인식에서 비롯한다. 슬픔이 자기애나 감상주의에 빠지는 것은 타자의 고통을 몰각할 때 발생한다. 그렇지 않고 몸을 지닌 인간의 한계나 생명의 순환 그리고 살아있는 것의 고통을 이해하는 이에게 슬픔은 공통감각의 기원이 된다.

> 언제였나 간이역 옆 삐걱대는 목조 2층
> 찻잔에 잠긴 침묵 들었다 다시 놓고
> 조용히 바라본 창밖 속절없이 흔들리던
> 멀리서 바라보면 는개 속 등불 같은
> 청음도 탁음도 아닌 수더분한 목소리로
> 해 질 녘 삭은 바람결 불러 앉힌 보랏빛
> 누구 삶이 저리 모가 나지 않았던가
> 자름한 고, 어깨를 툭 치면 울먹일 듯
> 오디새 울다 간 가지 등 돌리며 피는 꽃
> (유재영,「오동꽃」 전문)

시조 형식을 흔들지 않으면서 서정이 지닌 진폭을 폭넓게 수용한 이 시에서 먼저 주목할 것은 간이역에 앉아 창 너머로 보이는 "오동꽃"과 교감하는 시적 화자의 표정이다. "찻잔에 잠긴 침묵을 들었다 다시 놓고/조용히" 창밖을 내다보는 화자의 심사는 무엇일까? 아마 삶의 신산함에서 비롯한 고뇌와 연민을 품었을 터인데 마침 창밖에 "는개 속 등불"과 같이 아련하게 스며오는 것이 있다. 그것은 빛깔이자 목소리이다. 공감각으로 화자의 내면을 이끄는 이것은 "해 질 녘 삭은 바람결 불러 앉힌 보랏빛"으로 묘사된 "오동꽃"이다. 그런데 1연에 해당하는 첫 3행에서 2연으로 넘어가는 경로가 무척 자연스럽다. 정형시조가 지니는 의미 단락의 경계를 허물면서 사물과 교감하는 과정이 형식에 반영되고 있다. "누구 삶이 저리 모가 나지 않았던가"라는 구절에 이르러 시의 흐름은 전환이 일어난다. 사물이 그 본성으로 화자에게 다가와 교응함으로써 반성이 일어나는 것이다. "오디새 울다 간 가지 등 돌리며 피는 꽃"이라는 결구가 화자와 오동꽃이 주고받은 정서적 교감을 집약한다. 그것은 어둠 속에 핀 꽃이나 그늘의 이미지와 상응하는 의미를 지닌다. 삶의 비애가 한 고비를 넘으면서 고요한 환희로 피어나는 지점이다. "언제부턴가/참 맑고 고운/내 기억 저 편/건반을 누르는/그대는, 하얀 은유가 되어/오늘도 마른 꽃씨 같은/약속 하나/들고 와/내 가슴 속/투숙하는/별이 되었다"(「안개꽃 소묘-꿈 같은 절망 12」). 절망과 슬픔의 기억이 거름이 되어 "하얀 은유"로 피어나 존재의 심연을 울리는 과정이다.

유재영은 비가를 행복의 노래로 바꾸는 놀라운 재주를 지닌 시인이다. 이는 생명을 지닌 것들의 한계와 가능성에 대한 깊은 인식과 이해에 기원하는 것이 아닌가 한다.

불혹도 넘겨버린 어느 간이역쯤에
내 여윈 몇 줄 시도 추려서는 버리고
서늘한 그늘 한 자락
옷섶으로 받는다

억새 흐느끼는 쟁명한 저 가을볕
누구는 가을볕 같은 이삿짐을 꾸린다지만
또 어느 세속의 비탈을 휘적이며 갈 것인가

이제 웬만큼은 치욕도 알 나일러니
목금(木琴)마냥 지쳐 누운 목숨의 갈피마다
구절초 마른 꽃대궁
언뜻 비쳐 보인다
(박기섭, 「구절초시편」 전문)

시적 화자는 삶의 고절감을 "간이역"에 비유하면서 "그늘"의 이미지를 표정으로 삼는다. "또 어느 세속의 비탈을 휘적이며 갈 것인가"라는 탄식과 더불어 그는 "가을" 속에서 조락의 의미에 공명한다. "구절초 마른 꽃대궁"이 내면의 "목금" 소리와 함께 면전에 비치는 것은 이 대목이다. 그래서 이 시의 공감각은 가라앉는 저음의 빛깔이다. "마른 꽃대궁"의 가벼움을 "지쳐 누운 목숨"과 결부하고 있다. 이러한 점에서 이 시는 "청음"과 "탁음"의 경계를 지각하는 유재영의 의경(意境)에 미치지 못한다. 밑으로 가라앉기만 할 뿐 상승하는 기운이 없다. 말할 것도 없이 이러한 의미는 벌써 그 대상에 연원한다. "구절초"의 버썩대는 소리가 희망의 노래가 될 수 없는 것이다.

황폐한 육신이 너무 무겁습니다
계절이 나를 향해 손을 내밀었을 때
빛나던 모든 것들은 나를 떠나갔습니다

하늘이 내려와 키를 재는 울 밖 너머
혼불로 사루어진 불꽃으로 날고 있는
저렇게 맑고 가뿐한 파제소지가 보입니다

황금빛 기억들이 물결치듯 푸르른 날
목이 긴 그리움으로 남겨진 시간들은

까아만 씨앗이 되어 여물어 갈 것입니다

(박권숙,「해바라기」 전문)

"해바라기"에 투사된 존재론이라 할 수 있는 이 시에서 목소리의 진정성이 울림을 준다. 꽃잎 지고 까만 열매가 무거운 "해바라기"를 "황폐한 육신"에 견준 설정에서부터 무거움이 느껴지지만, 시적 화자는 시의 경과를 따라 이러한 무거움을 걷어내는 의식현상을 보인다. 2연의 "파제소지"는 존재의 근원이 무이며 모든 것이 공(空)이 될 것임을 말한다. 그러므로 "황금빛 기억들이 물결치듯 푸르는 날"에 대한 그리움은 남겨진 날들을 견디는 힘이 된다. "까아만 씨앗"은 존재의 끝이 아니라 완성이다. 이 시조에서 "해바라기"는 그리움과 인고의 표상이다. "빛나던 모든 것들"이 떠나간 자리에서 존재는 그리움을 자양분으로 여물어가는 것이다. "해바라기"를 통하여 인고의 이미지를 그려낸 것은 오직 박권숙만의 개성이 아닌가 한다. 그런데 김보한은 "홍매화"를 통하여 인고와 여성의 관능을 겹쳐 놓고 있다.

드러난 매화뿌리

한랭기단에 긴 움츠림

곁 사정 추려내고

꾸려 앉힌 세간 살림
네 형국
역경이 팔 할
꼭지 열려 아롱진 날.
꽃망울 힘줄의 맥박
양보 없이 선연하다.
언 손을 쬔 화톳불
부르틀 가슴도 추슬러
발돋움
맨살이 도드라져
속내 한창 홍매화.
(김보한,「홍매화」전문)

매화에서 인고를 말하는 것은 상투적이다. 그러나 이러한 상투적인 의미 맥락을 관통하여 관능의 "맨살"을 부각한 것이 주목된다. 김보한은 정격시조가 지닌 규범을 따르면서 태도와 목소리로 형식적 한계를 극복하려 하지 않는다. 오히려 정격에 몸을 맡기면서 아슬아슬하게 상투성을 가로지른다. 이 점은 1연과 2연의 경계에서 잘 나타난다. "홍매화"를 참고 견디며 마침내 그 생명적 활력을 되찾는 여성에 비유한 데 기인한다. 시적 화자의 목소리 또한 "홍매화"라는 대상에 깊은 공감을 드러낸다. 그러나 화자의 태도와 목소리는 매우 자연스럽다. 무엇보다 대상에 대한 사랑이 바탕이 되고 있기 때문이다.

홍성란은 "개나리"를 풍자에 활용한다. 가볍고 경쾌한 시법이 개성적이지만 풍자가 지녀야 할 날카로움은 그리 크지 않다. "나리 나리 어디 숨었소, 황사 몹시 쳐들어오는데/풍진 세상 찬양하시는 휜 지팡이에게 묻습니다//개!/나리,/다들 어디 가시었소, 탱탱 빈 모자 눌러 쓰고."(「개나리-여의도 의사당 부근」) 시조 어법의 확장이라는 점에서 환영받아야 할 시이다. 하지만 시조가 지녀야 할 최소 품격이나 파격의 효과는 항상 고려되어야 한다.

김연동과 민병도는 동일한 시적 대상으로 대비를 보인다. 김연동이 "목련"을 "그 누구 알 수 없는 찬 겨울 멍울 같은/낮달의 하얀 눈물을/슬픔처럼 피웠다고"(「목련이 피던 날」)라고 표현하고 있다면 민병도는 "사흘만/머물다 떠날/저/눈부신/적멸의 집"(「목련」)이라 서술하고 있다. 또한 이들은 "찔레꽃"을 두고도 "찔레꽃은 안만 캐도/초대받지 못한 손님//배적삼에 고이 간직한/첫 편지의 손떨림처럼//끝끝내/아무 말 못한/젊은 날의/하얀/딸꾹질!"(민병도)로 그리는가 하면 "찔레꽃 봄 향기가 환하게 피는 날은/열여덟 우리 누이 허기로 핀 건선 같은/꽃잎 떨어져 누운/강물소리 일어선다"(김연동)로 서술하기도 한다. 이처럼 감각의 차이가 만드는 의미의 다양성은 우리 시조의 중요한 자산이다. 함께 현대시조의 이미지 색인들을 만든다면 좋은 일이 될 것이라 생각한다. 현대시조 속의 꽃의 미학 또한 보다 다층적인 의미론으로 발전할 수 있을 것이다.

3부

상처를 치유하는 생의 형식

—이우걸론

이우걸의 초기시는 시조 양식의 전통적 문법에 충실하다. 두루 알다시피 현대시조는 보존과 창조라는 양면성을 지닌다. 둘의 균형을 유지해야 하는 것이 아니라 어느 한쪽을 배제할 수 없는 것이 조건이다. 만일 보존만 생각한다면 시대착오를 감수해야 하고 창조를 전면화하려 든다면 힘들게 현대시조를 선택한 까닭을 어렵게 설명해야 한다. 그런데 이우걸은 보존과 창조의 힘든 긴장을 오랜 동안 지속하면서 개성적인 시조시학을 정립한 것으로 평가되고 있다. 그는 1973년 등단한 이래 10여 권의 시집을 상재하면서 시조의 전통을 현대화하는 데 성공하였다.

이우걸이 처음부터 시조의 현대화를 의도한 것으로 보이

진 않는다. 이보다 현대시조를 선택한 그의 의식이 중요한데 그가 세계를 안정적인 양식을 통해 대응하려 한 것으로 보인다. 가령 첫 시집의 첫 번째 시 「세계는 갑자기」가 하나의 단서가 된다.

내가 지금 그의 찻잔을 조용히 바라보면
世界는 갑자기 鬪爭의 눈을 버리고
雪景의 나무들처럼 달빛으로 몸을 덮는다.

하나의 우주, 하나의 따스함,
우리는 지금 먼데서 한 없이 날아와서
이토록 純粹한 잔을 눈부시게 가꾸고 있다.

그가 지금 나의 찻잔을 조용히 바라보면
世界는 갑자기 鬪爭의 눈을 버리고
雪景의 나무들처럼 달빛으로 몸을 덮는다.

순수한 만남을 노래하고 있는 시로 읽히지만, 투쟁의 세계가 우주적 질서와 화해(和諧)를 회복하기를 바라는 염원을 담고 있는 것으로 이해되기도 한다. 이 시에서의 "잔"은 2시집의 「잔」과 3시집의 「잔-박물관에서」 등에서 반복되는 모티프이기도 한데 일종의 조화의 매개, 질서의 양식으로 보아도 무방할 것이라 생각한다. 인용시는 수미상관의 안정된 형식으로 사실 매우 단순하다. 그럼에도 "순수한 잔을 눈부시게 가꾸고 있다"는 전언은 "해갈의 고운 영토를/기다리며 사는 것"(「물」에서)이나 "軟葉같은 韻"(「어두운 창을 열고」에서)을 찾는 일에 상응한다. 시인은 투쟁, 고갈 등을 내용으로 하는 세계에 대하여 시조라는 형태를 통하여 대응한다. 하지만 시인이 경험한 세계상의 진면목이 이로써 뚜렷하게 드러난 것은 아니다. 이는 1시집에서 "전장"(「우리들의 집」에서)으로 시사되고 2시집의 「江가 밭에서」에서 6.25 한국전쟁으로 구체화된다.

아버지가 일하시던 江가 밭에 나가보면
죽어버린 時間들이 우렁껍질로 흩어져 있다.
머리 풀고 울어야 할 事件도 없었는데
江가 밭은 왜 이렇게 적막해 졌을까
평생을 황소처럼
이랑만 따라 도시던 아버지,
그 農夫의 아들이 와서 섰는데
江가 밭은 왜 이렇게 적막해졌을까.
그러나 나는 안다.

洛東江 따라 내려온 傀儡軍의 발자욱이
나의 胸部에 탄피를 박고 갔듯이
오십 년 벼랑길을 맨발로 걸어오신 아버지의 가슴에도
내가 든 私立學校 졸업장만한
戰爭이 있었던 것을.

유년기에 직면한 전장의 체험은 시인의 내면에 정신적 외상("나의 흉부에 탄피를 박고")으로 자리할 뿐만 아니라 3시집의 「우리 누나-6.25」가 말하듯이 가족사 내부에도 깊이 관여된 것으로 보이나 그 전모를 알 수 없다. 그럼에도 "아버지의 가슴에도/내가 든 사립학교 졸업장만한/전쟁이 있었던 것"이라는 구절을 통하여 시인이 전쟁과 같은 가난을 경험하였음을 알 수 있다. 물론 유년기에 겪은 전장의 체험과 가난으로 점철된 가족사가 시인이 시조양식을 선택한 배경이라는 지적은 비약에 가깝다. 다만 이러한 경험적 요인들이 조화와 질서에 대한 열망을 싹트게 했을 것이라 추론하는 것은 틀리지 않을 것이다. 가족사와 관련하여 5시집의 「가족」이나 6시집 「가족사진」이 전하듯 아버지의 이른 죽음이 시인에게 끼친 영향이 매우 컸을 것이라 짐작된다. 연보에 의하면 첫 시집을 발간한 1977년에 시인의 아버지는 타계한다. 전쟁-가난-부 상실은 시인의 삶에서 중요한 경험이라 할 수 있는데 시인의 삶과 시쓰기는 이러한 경험 지평을 극복하고 주체를 형성하는 과정이라 할 수 있다.

자주 먼지 털고, 소중히 닦아서
가슴에 날고 있다가 저승 올 때 가져오라고
어머닌 눈 감으시며 그렇게 당부하셨다.

가끔 이름을 보면 어머니를 생각한다
먼지 묻은 이름을 보면 어머니 생각이 난다
새벽에 혼자 일어나 내 이름을 써 보곤 한다

티끌처럼 가벼운 한 생을 상징하는
상처많은, 때묻은, 이름의 비애여
천지에
너는 걸려서
거울처럼
나를

흔든다.

5시집의 「이름」이라는 시인데, 연보에 나오는 대로 1992

년 타계한 어머니를 회상하는 내용이다. 명명될 수 없는 이름은 불행하다. 부끄러운 이름, 지우고 싶은 이름도 있다. 시인은 자신의 이름을 어머니와 연관시킨다. 그에게 어머니와 그의 이름은 자신을 비추는 "거울"이다. 주체의 정립이 어머니라는 가족사적 관계를 통하여 이루어지고 있다. 하지만 시인의 태도가 모성편향으로 읽히진 않는다. 이우걸의 시세계에서 모성에 대한 시적 형상이 빈번한 것은 사실이지만 오히려 결락된 부성을 회복하는 계기로 보아도 틀리지 않을 것이라 생각한다. 실제 아버지는 6시집의 「상처」의 표제가 전하듯 "상처"이다. "수박 모종 빛내며 허한 희망 심어놓았던/물바다 된 강가 밭 가물가물한 이랑 끝에서/빗줄기 맞으며 서있던/아버지". 이처럼 시인에게 아버지는 어머니와 다른 자리에 존재한다. 그런데 가족 내 존재인 아버지는 하나의 상징으로서 세계상으로 확대 해석되기도 한다. 그럴 때 전쟁이며 가난과 마찬가지로 시인에게 아버지는 상처의 세계상을 의미한다.

그것은 神의 나라로
열려 있는 音樂 같은 것

불타는 들을 건너서, 얼음의 山을 넘어서

돌아와

가슴에 닿는 깊은 올의 絃樂器.

2시집에 실려 있는 「봄비」의 1연인데, 시인의 의식지향을 잘 드러내고 있다. 그에게 현실은 "불타는 들"이거나 "얼음의 산"과 같지만 그는 "돌아와/가슴에 닿은 깊은 올의 현악기"를 갈망한다. 이는 난폭한 세계로부터 등을 돌리거나 그것을 회피하려는 태도가 아니다. "신의 나라로/열려 있는 음악 같은 것"이 있기에 주체는 세계와 맞서고 그것을 개조할 희망을 갖는다.

내 혼이 귀소하는 열두 점 여울목엔

생각도 만경창파로 표류하는 돛배 하나

잃어서 얻은 저 목숨 노를 휘어 건지고 싶다

잠긴 문 앞에서, 등 돌린 바람 속에서,

무심히도 바라뵈던 이승의 문패 아래서

수없이 나를 결별한 내 이마를 건지고 싶다

어두운 창을 열고 새로 맞는 한 세상은

死滅의 눈길 안에도 초록의 韻돋는데

律따라 線이 못되는 내 언어의 지병이여.

이우걸의 창작방법론을 잘 말해주고 있는 시(3시집의 「밤에 쓰는 시」)이다. 회귀하는 서정의 인력은 과거의 고통이며 상처로부터 자유롭지 않는 자아를 일깨운다. 시쓰기가 때로는 정신분석의 과정과 같이 설명되는 까닭이 여기에 있다. 그러나 "수없이 나를 결별하는" 시적 치유는 증상의 원인을 찾아가는 심리학과 다르다. 시쓰기는 "어두운 창을 열고 새로 맞는 한 세상"을 그려내는 과정으로 "사멸의 눈길"에서 "초록의 운"을 생성하는 일에 다름없다. 이 시를 통하여 이우걸의 시조시학을 요약하는 일이 허락된다면 그것은 "상처를 치유하는 생의 형식"이라 할 수 있을 것이다. 이는 먼저 전반적으로 나타나는 재귀적인 반복이라는 문제에서 찾아진다. 이우걸의 시조에서 "눈", "낮달", "손", "파도", "편지" 등 거듭 되풀이되는 모티프들이 많은 것은 양식적 완성에 대한 열정과도 유관하겠지만 이와 더불어 상처의 치유와도 연관된다 할 수 있다. 이러한 반복이 그를 평가하는 일에 불리하게 작용할 소지도 없지 않다. 그럼에도 "律따라 線이 못되는 내 언어의 지병"이라는 인용시의 종장이 말하는 들림의 문제를 간과할 수 없다. 그는 "일상은 언제나 격한 파도라지만/행간에 스며 있는 저 은은한 고요"(3시집의 「편지」에서)에 대한 지향을 그치지 못한다. 확실히 이우걸 시조의 배후는 상처 혹은 어둠이다. 그는 삶이라는 근원적인 슬픔을 수락하면서 화해로운 생의 형식을 창조하려 한다. 가령 5시집의 「피아노」를 읽으면 이러한 그의 입장이 삼동적으로 와 닿는다.

> 마음에 못질을 하고 누가 떠나갔을까
> 저녁 상처를 물끄러미 바라볼수록
> 이별의 빗방울들만
> 건반 위로 뛰어 오른다
>
> 슬픔이나 기쁨을 피아노는 말할 수 없다
> 그림자에 뒤섞인 저 손끝의 떨림으로
> 아침이 목련을 빚듯
> 한 선율을 빚어낼 뿐.

"그림자에 뒤섞인 저 손끝의 떨림"이라는 구절은 어둠, 상처, 고통, 폭력 등 세계상을 아름다움으로 건져 올리려는 시인의 의식을 집약하고 있다. 이는 또 다른 시(「피」)에서 진술한 "손톱으로 살을 파 보면 어둠이 숨어 있다/눈 뜨지 못하는 그 어둠의 채찍으로/내 피는 온몸을 돌며/오늘을 노래한다"라는 구절과도 연관된다. 이어서 그는 "슬픔을 걸러내는 내 피는 천사의 손길"이라고 말하고 있는데 이로써 시인의 시적 혈통이 객관화되고 있는 셈이다. 그런데 여기서 주목되는 것은 시적 과정의 자연스러움이다. 인용시가 말하듯 "아침이 목련을 빚듯" 이우걸의 시조에는 억지나 작위가 없다. 특히 5시집 이후 단순 소박미의 지향은 그가 한편으로 상처의 구속에서 놓여났고 다른 한편으로 형식적 제약에서 많이 벗어나 긴장된 자유를 구가함을 뜻한다. "가파른 생의 기록"을 넘어 "새로운 행로를 위해"(6시집의 「흉터」에서) 길을 나서고 있다. 그 길에서 이우걸 시조미학이 완성될 것이라 생각한다. 분명 그가 "거쳐 온 터널의 기억"은 "어둠의 배경"(6시집의 「드라이버」에서)을 지녔다. 하지만 그는 "가난한 손길들이" "상처를 지닌 영혼을 보살핀다"(6시집의 「열쇠」에서)는 사실을 깨닫고 있다. 따라서 자신의 상처나 고통에서 해방되어 더 넓고 깊은 시적 지평을 열어갈 것이라 믿는다.

푸른 생명과 붉은 사랑의 시

—박옥위의 시세계

시조 형식의 제약으로부터 자유자재로 자신의 리듬을 얻고 있는 데서, 박옥위 시인의 시는, 오랜 시작의 연륜으로 시인이 쌓은 내공을 느끼게 한다. 시인은 4음보 3행의 정격을 하나의 패턴으로 고정하지 않고 대상과 의미에 적합한 형태를 다양하게 변주한다. 물론 주어진 율격을 거부하거나 해체하는 실험 의지를 지녔음을 지적하고 있는 것이 아니다. 시조가 지녀야 할 변하지 않는 요소들을 전제하면서 살아 움직이는 율동을 이끌어내고 있음을 말한다. 마치 수영이라는 하나의 과정 안에서 다양한 형태의 유영들을 멋지게 선보이는 양상과 흡사하다고 하겠다. 그만큼 시인은 형식의 거추장스런 구속을 보이지 않는다. 이는 시작의 과정이 삶의 과정과 민활하게 연동하고 있음을 뜻한다. 먼저 시인이 대부분 연시조를 선택하고 있음을 주목하자.

소나기 한바탕 한 더위를 씻고 간 후
매미의 화답송이 푸르게 쏟아지고
여름은 점층 초록빛 에움 없이 푸르다

아이는 삐뚤빼뚤 성서를 쓰고 있고
나는 솔기를 펴가며 빨래를 개키고
카치니 아베마리아는 빗물처럼 흐르고

성모님 노래는 왜 그리 많아요? 엄마!
아이는 고린도 2서 7장을 삐딱삐딱 넘어가고
비 맞은 베고니아 꽃이 함초롬이 웃는다

그건 어머님께 드리는 간절한 기도란다
아이는 7장 13절을 살밋살밋 건너가고
아아아, 아베마리아~ 산마을도 푹 젖는다
(「카치니 아베마리아를 듣는 오후」 전문)

이 시가 던지는 의미들은 어떤 시학적 차원을 구성하고

있는 것일까? 그 하나는 일상성이다. 시적 화자는 구체적인 일상의 계기에서 시적인 것을 건져낸다. '나'와 '아이'는 물처럼 흐르는 '키치니 아베마리아'의 선율 속에서 함께 대화를 나눈다. 밖은 소나기가 씻고 간 푸른 여름이다. 성서를 읽고 쓰는 아이와 나는 '어머니의 간절한 기도'에 대한 의미를 나눈다. 전반적인 시적 흐름은 의미가 고조되는 점층의 형식이다. "아아아, 아베마리아~ 산마을도 푹 젖는다"라는 마지막 연의 마지막 행에서 알랭 바디우가 말라르메를 인용하여 사랑의 의미를 새긴 구절처럼 "물결 속에서 발가벗은/네 기쁨에 이른 너를" 만나게 된다. 이것이 이 시가 구성하는 두 번째 시학적 차원이다. "카치니 아베마리아"를 들으면서 시적 화자는 무엇을 의도하였을까? 삶이 사랑이며 이 사랑을 가능하게 하는 버팀목이 시라고 말하고 있는 것은 아닐까? 좀 더 나아가 시인에게 시는 삶에 대한 위안이자 고통과 고난을 이겨내게 하는 긍정과 희망의 원리라고 해도 될까? 이러한 의미를 역동적으로 전달하기 위하여 시인은 연시조의 변주를 의도한다. 1연이 외부의 풍경이라면 2연은 시적 화자가 놓인 정황의 서술이다. 3연에서 이러한 정황이 지닌 의미가 증폭된다. '나'와 '아이' 사이를 매개하는 것은 두 가지이다. 그 하나는 '아베마리아'이고 다른 하나는 '성경'이다. 그리고 이러한 매개들이 사랑의 징표로 작동한다.

여기서 사랑은 "온갖 고독을 넘어서 세계로부터 존재에 생명력을 불어넣을 수 있는 모든 것과 더불어 포획되는 것"이자 "타자와 함께하는 행복의 원천이 나에게 주어지는 것을 직접" 보는 것(알랭 바디우)이다. 이는 음악의 선율 속에서, 하나의 물결 속에서, 함께 기쁨을 나누는 일과 다르지 않다. 4연이 말하고자 하는 것은 이러한 사랑에 대한 시적 화자의 의지이다. 그 의지는 이미 있는 사실의 확인에 그치지 않으며 장래의 일로 열려 있다. 4연의 마지막 행은 열린 의지에 상응하는 시적 진술이라 할 수 있다. '아아아'라는 영탄의 목소리는 고난과 사랑, 의지와 희망을 구분하지 않는다.

박옥위 시인의 시는 시인의 생활과 행위, 의식과 가치와 분리되지 않는다. 시의 대상과 시작의 계기들은 나날의 삶 속에서 찾아진다. 가령 「물금역」은 1연에서 "무궁화 완행열차" 여행으로 시작되지만 2연을 지나면서 "어머니"에 대한 회상으로 나아가고 마침내 3연에서 "불치병에 숨져가던 어린 손자를 품어 안고/수염 하얀 명의를 찾아 물금역을 찾아가던" "어머니"를 그려낸다. 기억의 현상학을 드러내는 「물금역」과 달리 「양철고기」는 풍경을 재현하는 사진작가의 결정적 순간처럼 하나의 장면을 매우 경쾌하게 표출한다.

풍경(風磬) 속

양철고기 가랑가랑 독경 한다

스님은 칩거하고

꽃들도 잠든 절간

햇살이 내소사 꽃살문과

함께 졸고 있는 날

어쩌다 물을 잃고

추녀 끝에 매달려서

팔라당팔라당

세상일을 떠났을까

날아온 되새 한 마리

"까악!"

놀라 날아간다

4음보 3행의 정격에서 벗어나 시행을 바꾸고 연을 늘림으로써 생동하는 리듬을 창출하고 있다. 대상에 대한 느낌(feeling)에 상응하는 형식의 출현이다. 소리 내어 읽을 때 시인의 의식과 시의 율동이 지닌 생동감이 더욱 크게 표출되는 시가 아닌가 한다. 이처럼 시인은 형식의 추상에 느낌과 의식을 의탁하지 않는다. 오히려 기존의 패턴을 흔들거나 새로운 패턴을 형성하면서 감각과 생각을 표현하려 한다. 「절구공이」나 「4월 꽃사태 아라리」도 이와 같아서 시조가 누릴 수 있는 자유의 임계를 다시 생각하게 한다. 특히 "슬픔아 내 아픔아 아리아리 꽃피어라/산과 들 강 바다에 꽃깃발을 펄럭여라/사월은 꽃 피어 아리다/언제 진정 봄이 오나"라는 후자의 마지막 연에 이르면 느낌이 시행 발화를 통하여 살아있는 리듬으로 현현하는 극치를 경험하게 된다. 시조의 형식미학에 있어서 시인이 천의무봉의 경지를 넘본 것일까? 그도 그러한 것이 형식에 관하여 시인은 자유자재의 진자운동을 보인다. 진자의 한 극에 「뜰에 온 봄」과 같은 연작 형식이 있다면 다른 한 극에 「낙동강에 새봄 돌아오듯」과 같은 정격이 놓여 있는 셈이다. 앞서 말했듯이 정격에 가까운 시조조차 단시조가 아니며 죄다 연시조라는 사실을 거듭 지적할 수 있다. 시행과 연의 변환을 통한 리듬의 창출은 앞서 예를 든 것처럼 매우 다채롭다. 이 가운데 2행 대신에 사설을 기입하는 방식도 수행된다.

반송동 골목길에 이른 봄꽃 흐드러진다

눈길 가는데 발길 간다는데 꽃밭이 환하네
큰 물통 작은 물통 큰 화분 작은 화분 사과궤짝에
섬초롱 백합 철쭉 채송화 장다리꽃 붓꽃에 접시꽃
천리향 아욱꽃 옥잠화 붉은 달개비에 보리까지 피네
오호 봄이 한창이네 하고 컴컴한 가게 안으로
고개를 디밀자 혹시 날 찾능교? 간장 된장 고추장
참기름에 식용유 깨소금 후추에 고춧가루 밀가루 당면
소금에 까나리 액젓까지 이름표를 달고 앉아 나를
빤히 보는데 메르스 예방인가 고추방아만 넌지시
마스크를 하고 있네

어정쩡 이집 주인내외 평생
고추 빻고 살아도 꽃 없이는 못 산다네
(「혹시 날 찾능교?」 전문)

사설시조의 미학은 단시조와 연시조에서 담을 수 없는 내용에서 비롯하는 요설과 장광설의 배치에 있다. 시인은 봄꽃 흐드러진 마을 풍경의 구체를 담아내기 위한 방법으로

2연을 그에 적합한 사물의 열거와 묘사로 활용한다. 형식을 통한 유희와 더불어 실감을 재현하는 방편이라 할 수 있다. 「우짜락 꼬오오오오」나 「척판암」도 이와 흡사하지만 전자가 유희의 측면이 강하다면 후자는 이와 더불어 이야기에 대한 욕구가 내비친다. "하여 상 중 하 내원암을 짓고 89암자를 지어 천명대중/수행케 했다는데 우리 눈앞의 세월호 아, 그 어리고 귀한 생명/구중현판 던질 원효도 없고 어미가슴 무너져도 돌아오지 않는구나"라는 구절의 전언처럼 시인의 현실인식을 반영한다. 박옥위 시인에게 있어서 사설시조 현상은 뚜렷한 경향이라 할 수 없다. 다만 불변체의 율격이 지닌 추상의지를 거부하면서 개성적인 목소리로 발화하여 시조의 현대성을 획득하려는 기획의 일부로 보인다. 이보다 시인은 민활한 생의 감각을 생동하고 발랄한 리듬으로 표현하려는 의욕을 강하게 지닌다. 예를 들면 「살구꽃이 하하 웃네」와 같은 시가 대표적이다.

새댁이 장독 뚜껑에 물옥잠을 띄워놓아
다릴 주욱 벋으며 암비둘기 목욕해요
초여름 조용한 현관 앞
혹옥잠 핀 욕조에요

현관문을 열려다 얼결에 닫는 새댁
망보던 수비둘기 종종종종 빙글빙글
자기야! 자기 자기야! 숨이 꼴깍 멎겠네

어떡하니 새댁이 유리창을 내다보니
산비둘기 부부 그새 나무 가지에 올라 앉아
제 간肝이 콩알 만해 졌다나
살구꽃이 하하웃네

이 시는 시적 화자의 어조와 태도에서 벌써 주목된다. 선경후정의 전통시조나 객관 서술에 기반한 묘사 우위의 미학과 무연하다. 어조는 실제 발화에 가깝고 태도는 매우 친밀하다. 의성어와 의태어를 활용하는 등 언어감각이 뚜렷할뿐더러 각 연의 시행 변주가 생동한다. 인간과 자연사물의 교감이 민활하고 생명에 대한 낙관이 돌올하다. 그 궁극에 비인칭적인 서정적 신체의 기미가 발현되고 있다. 나와 너, 나와 그것의 경계를 넘나드는 서정의 의지는 모든 살아있는 생명에 대한 사랑과 다를 바 없다. 이와 같은 형식과 내용의 조화는 「비로용담꽃」에서 알 수 있듯이 고전적 적합성이 아니라 생명체가 지닌 유기적 통일성과 연결된다. 시인은 인위적으로 형식을 해체하거나 반대로 변하지 않는 율격에 합치하려는 의도된 생각을 지니고 있지 않다. 시쓰기와 삶을 연속성으로 사유하면서 둘 모두를 생명현상의 연장으로 받아들인다. 그렇기 때문에 형식의 탄생이 자연스럽다. 시적 발화 또한 직절하다. 이런 가운데 "가슴 속 지문"이 "청보라빛 물무늬"로 드러나는 것이 아닐까?

「시인의 말」을 통해 시인은 "시는 내 영혼의 안개"라고 말한다. 사물에 대한 느낌이나 마음의 요동을 지나 전개될 영혼은 시인의 궁극적 지향이 아닐까? 영혼의 삶은 삶의 모든 미로를 통과한 연후에 도달하는 것이다. 시인은 안개로 가려진 자아의 도상에서 영혼을 갈구한다. 이 또한 시인의 시업이 획득한 높이이다. 자아의 삶과 자아로부터 벗어나는 삶의 기로에서 서성이는 시인은 "시 찾아 헤매다닌 사향노루 한 마리"처럼 "제 몸이 향기인줄"(「사향노루 생각」에서) 모르는 존재이다. 그만큼 자아와 영혼의 이월은 쉽지 않은 과정이다. 「낙엽 단상」의 상념과도 같이 삶에 대한 시인의 인식은 고통의 미로를 벗어나려 한다. "갈 길을 미리알고 떠나는 성자같이/단풍도 떠나는 날 꽃단장이 눈부시다/후회도 눈물도 없는 가을하늘 말끔하다". 영혼의 표정이 있다면 아마 이와 같을 것이다.

살아도 잘 살기란 거기서 거기라고

살아본 나뭇잎이 나무를 떠날 때
몸으로 부딪힌 말들이 바알갛게 타오른다

고 작은 이파리에 갈 길을 물어보며
사벌레 하루살이 갉고 간 문장들이
때로는 비문(秘文)이 되어 신전에 바쳐진다

갈 길을 미리알고 떠나는 성자같이
단풍도 떠나는 날 꽃단장이 눈부시다
후회도 눈물도 없는 가을하늘 말끔하다
(「낙엽단상」 전문)

그러나 시인은 이러한 페르소나를 성급하게 선취하려 하지 않는다. 자아로부터 모든 집착을 소거할 수 없는 것이 삶의 곤경이라면 시는 이러한 곤경을 회피하지 않고 극복하여 더 큰 화해의 세계로 가는 과정이라 할 수 있다.

해와 물이 쓴 시는 늘 나의 애송시다
거침없이 써 내려간 유장한 그의 시
슬며시 다가와서는 내 가슴에 북을 친다

시란 어둠을 견뎌 하얀 뿌리로 일어선다
가까운 강이나 넓은 바다에 나서보면
지금도 시 수수 편편이 하늘로 날아간다

물결의 반짝임과 빛의 춤을 보아라
시란 그래야한다 그걸 읽어야한다
도도한 생명의 흐름 그게 바로 시라고

겨울을 살아온 풀꽃 작은 숨결을 보아라
심장에 북을 치는 미답의 저 시어들을
너와 난 생명의 시다 나도 너의 애송시다
(「해와 물의 시」 전문)

시로 쓴 시론 혹은 시론시이다. "해와 물이 쓴 시"가 "나의 애송시"이고 "나도 너의 애송시"라고 요약된다. 이 시에서 해와 물은 모든 생명을 나타내는 제유(synecdoche)이다. 자연의 생명현상이 유장하게 표출되는 과정을 시인은 시로 받아들이며 그것에 깊이 공감한다. 그래서 "시란 어둠을 견뎌 하얀 뿌리로 일어선다"라는 아포리즘을 얻는다. 이와 같은 식물적 상상력은 유기론(organology)에 근거를 두고 있다. 씨앗이 힘겹게 발화하여 뿌리를 내리고 줄기를 올리면서 그 가지에 꽃을 피우고 열매를 맺는 과정이 연상되는 것이다. 고난과 고통의 시간들은 마침내 아름다운 꽃으로 결실을 맺는다. 시인은 이와 같은 생명시학을 견지하고 있다. 그렇기 때문에 도처에 "수수 편편"의 시가 있다. 자연이 시라면 시인은 스스로 이와 같은 시를 생탄해야 한다. "물결의 반짝임과 빛의 춤을" 지닌 시를 갈망한다. 시는 "도도한 생명의 흐름"이 되어야 한다고 생각한다. 그리하여 시는 겨울을 견디고 대지를 뚫고 피어난 초록 풀꽃과 같은 것이다. 이것이 곧 "생명의 시"이다. 생명의 시는 모든 살아있는 것을 연민하고 사랑하는 영혼의 슬픔을 지닌다. 영혼의 위치에서 생명은 고통이며 환희와 고요조차 슬픔의 신체일 뿐이다. 시인은 생명의 시를 노래하면서 영혼을 생각한다.

시인은 봄을 지배적인 모티프로 삼고 노래하고 있다. 왜 그럴까? 그것은 생명의 시학, 사랑의 시학, 영혼의 시학을 지향하기 때문이다. 생명현상은 겨울에서 봄으로 가는 과정에서 뚜렷하다. 이러한 생명에 대한 낙관과 사랑은 생명체가 지닌 유한성으로 인하여 슬픔을 품는다. 영혼의 시좌에서 발랄한 생명의 붉은 개화도 차가운 푸른 꽃으로 보일 수밖에 없을 것이다. 그러나 이러한 영혼의 시학은 시인의 본령이 아니다. 「비밀」과 같은 시에서 그 기미를 읽을 수 있을까? 어쩌면 이 시는 시인의 시편에서 드물게 난해하다. "내

거기 벗어둔 남루”와 같은 감각이 지향하는 바가 “죽어서/생명의 집이 되는 갈대 늪 아래/무수히 빛 켜드는/유충의 꿈”과 어떻게 이어질까? 생명에 대한 무한 낙관은 아닐 것이며 존재와 소멸의 순환에 대한 인식으로 읽힌다. 「돌복숭나무」가 말하듯이 생명은 사랑이다. 시인이 지금 서 있는 곳은 이 지점이다. 그러므로 겨울에서 봄으로 가는 과정이 시의 주요한 플롯이 되었다. 앞에서 언급한 「해와 물의 시」가 시인의 시관을 잘 해명하고 있듯이 시인은 어둠과 고통을 견디고 이겨내어 생명의 환희가 꽃피는 과정을 노래하려 한다. 달리 통점들을 터뜨리는 시에 대한 희망이라고 할 수 있다. 「벚꽃 아래」는 “간절하면 쓰리라 가슴으로 읽히는 시/시낭송 퍼포먼스까지 통점들이 확 터진다”라고 생명의 시가 기능하는 의미를 제시한다. 또한 「주상절리 들국화」는 “아픔을/끌어안고 웃는//네 모습이/절창이다”라고 표현하고 있다. 통점과 아픔을 터뜨리고 발산하는 꽃에 대한 기호가 분명하다. 이러한 표현들은 삶과 세계를 이해하는 인식틀과 무연하지 않다. “까치꽃 별 싸라길 무한정 엎질러놓고/사월은 새로 핀다 새롭게 피고 싶다/아픔의 복판을 질러 환한 등을 켜든다”(「다시 사월에」에서). 아픔의 자리가 환하게 밝아오는 과정은 아름답다. 캄캄한 어둠 속에서 반딧불이의 존재는 희망이다.

시인의 시적 의식은 많은 경우 봄을 향하고 있다. 시인에게 "내일"(「봄비 내릴 듯한 날」에서)의 기대는 "봄"의 이미지에서 발현되고 시인의 시간에는 "아픔을 건너뛰는 발끝 봄이 온통 매달린다"(「서랍 속의 시간」에서). 겨울에서 봄으로 가는 플롯은 희극이다. 다시 말해서 낙관적인 희망으로 귀결된다. 유기적인 생명은 이러한 낙관으로 무서운 희망을 품는다. 간혹 「가을 병원 담쟁이」나 「가을 휘파람」과 같이 가을의 고요를 노년에 빗대기도 하지만 "인내와 상처가 별이"(「붉은 사랑」에서) 되는 붉은 사랑의 생명현상을 더 주목한다. 그러나 시인의 시적 지평은 열려 있다. 예외적일 만큼 정격에 가까운 세 편의 연작시인 「달과 호수」, 「가시연꽃」, 「기러기행법」을 보라. 마음과 몸이 사물과 교응하고 고통으로 연단되며 슬픔으로 비상하는 과정이 펼쳐지고 있지 않는가?

용서가 길이라고 묵언의 집을 짓고
센바람 빗질하는 하늘빈객을 보아라
날개를 크게 벌릴수록 슬픔 가벼워진다
(「기러기행법」 부분)

자아의 삶에서 벗어나 침묵과 고요로 비상하는 길은 열려 있다. 고통의 미로가 생명의 환희로 대체되는 감정이입과 투사의 지평에서 벗어나 영혼의 슬픔을 궁리하는 시적 과정이 기대되는 대목이다. 형식의 자유자재가 무애의 정신으로 발현될 가능성도 크다. 그만큼 시인은 오랫동안 시와 함께 더불어 살아왔다. 그것은 해와 같고 물과 같은 것이다. 그 안에서 빛나는 생명의 시들을 듣고 노래한다. 이처럼 도저한 자연스러움은 시조시인으로서 박옥위 시인이 획득한 진귀한 성취이다. 이제 그는 느낌과 형식의 자유가 아니라 자아와 존재의 자유를 궁리할 단계를 맞고 있다. 이미 이러한 기미를 숨길 수 없다. 영혼의 시라는 문제의식이 그것이기 때문이다.

삶으로 빚은 그릇

—김연동론

1. 삶의 양식으로서의 형식

시조 시인에게 형식은 곧 삶의 양식이다. 그는 주어진 형식의 구속과 시적 자유를 자신의 내부에서 통합하고 선험적인 시조의 형식을 체화하여 자기의 것으로 만들어야 한다. 그런데 정형시인 시조의 형식은 고정된 것이 아니다. 굳어 있는 형식이지만 여기에 생기를 불어 넣는 것은 시인의 뜻[志]이다. 그저 외적 조건에 맞추어가는 것이 아니라 외부의 형식을 내부의 내용과 일치시키는 노력이 요구된다. 시조를 선택하는 것은 세계관의 작동과 무관할 수 없다. 그것은 형식과 내용이 일치된 삶의 지평에 대한 염원과 결부된다. 김연동은 다음과 같이 자신의 글쓰기에 대하여 말하고 있다.

> 다수의 사람들은 어떤 형식적 구애를 받는 것 자체를 싫어한다. 그러나 나는 형식이 엄연한 시조를 변함없이 사랑한다. 형식 속에서 내용의 자유를 얻는 일은 지극히 어려운 일이라고들 여기지만, 시조의 형식은 이러한 묘미를 찾기에 넉넉한 그릇이다. 이 그릇이 지닌 묘미가 나를 시조에 천착하게 하고 삶의 의미를 찾아가는 즐거움을 누릴 수 있게 한다. 많은 사람들은 형식과 내용의 조화로운 만남을 추구하는 과정은 쉽지 않은 일이라 여긴다. 그럼에도 불구하고 나는 시조 형식의 유기적인 운용으로 개성적 형식미를 얻을 수 있다는 것을 믿게 되었다. 형식이 지닌 구속성을 넘나들 수 있어야 비로소 자신만의 가락을 만들어 낼 수 있기 때문이다. 자신만의 형식이라는 말 위에 올라타지 못하면 좋은 시조의 창작은 물 건너갔다고 봐야 한다. 형식과 언어를 보다 섬세하게 조탁하는 과정은 나를 수양하는 과정이기도 하였으며, 또 그런 과정 속에서 신선하고 아름다운 이미지를 건져 올리려고 노력해 왔다.

시조 창작의 이념적인 기원이 있다면 그것은 공자가 말한

"문질빈빈"(文質彬彬)일 것이다. 오늘의 개념으로 번역할 때 '문'은 형식이고 '질'은 내용이다. 공자도 형식과 내용의 조화를 강조한 셈인데 춘추시대라는 시대적 혼란을 배경으로 한다. 이 어구 속엔 꾸며진 말들이 범람하고 권력의 언어들이 난무하는 시대를 바라보는 공자의 심경이 반영되어 있다. 이러한 기원의 관점이 오늘에 이르기까지 관철되고 있는 양식이 시조이다. 시조는 현대적 삶의 잡스럽고 곤궁함을 극복하고 화해(和諧)를 실현하려는 과정에서 전유된다. 김연동 또한 인용문이 말하듯이 시조를 '삶의 의미를 찾아가는' 과정에서 빚어지는 '그릇'으로 받아들인다. '형식 속에서 내용의 자유'를 구하는 지난한 도정에 자신을 기꺼이 내어놓는데, 이 경우 시쓰기는 곧 자기수양이라는 인격주의와 등가가 된다. '형식의 구속성을' 넘나들면서 '비로소 자신만의 가락을 만들어' 내는 일은 요동하는 구체적 삶을 견인하면서 균형과 절제를 견지하는 일에 다름이 없다. 그래서 시인에게 시조는 '묘미'를 선사하는 미적 삶의 양식이다.

불혹을 바라보는 나이인 1987년에 등단한 김연동 시인(1948년 하동생)은 그 동안 네 권의 시집을 발간하였다. 『저문 날의 구도』(1993), 『바다와 신발』(2001), 『점묘하듯, 상감하듯』(2007), 『시간의 흔적』(2010). 네 권에 시집에 그려진 시인의 역정을 한마디로 요약하긴 어렵지만 외부의 형식을 삶의 양식으로 만들어가려는 지속적인 의지가 읽힌다. 첫 두 시집에서 삶이라는 내용을 주어진 그릇에 담아내려는 힘겨운 노력이 배어난다면 나머지 두 시집에서는 외부와 내부가 자연스럽게 조화를 이루는 경과를 보인다.

2. 추억과 현실의 긴장

김연동이 문학 활동을 한 것은 30대 후반(2시집의 연보에 의하면 1985년 '섬진시조문학회'에서 활동한 것으로 기록되어 있다)이며 공식적으로 문단에 얼굴을 드러낸 것은 막 40이 되었을 무렵이다. 많은 경우 등단작이 시사하는 바가 크다. 문학적 지향이 잘 드러나기 때문이다. 김연동의 등단작인 「광양만에서」도 그의 시적 경향을 예견하게 한다.

물목에 바위를 놓아
뭍으로 꾸미던 날

정성으로 모은 목선
부표 밖으로 밀려나고

둥지를 빼앗긴 파도가
배고픈 철새로 운다.

준설선 이빨에 물려
바둥거리는 해안선,

황톳물 던진 파고는
허리 죄인 어부의 가슴

안개는 매운 연기 속
광양만을 더듬어 운다.

물길을 헤아리며
등대로 섰던 섬도

이제는 물을 길 없는
역사 속에 가라앉고

태초의 그 말 그 뜻도
헐리어 묻히고 있다.

'광양만'은 우리나라에서 부산항 다음으로 큰 항만을 지닌 해항(sea port)이다. 모든 항만이 그러하듯 광양만도 기존의 풍경을 무너뜨리고 장소를 파괴하면서 건설되었다. 시인은 이러한 변화의 현장을 응시하면서 3연의 연시조를 구성한다. 의식에 공감을 일으키는 것이 장소라고 할 때, 시인은 장소 상실의 아픔과 낯선 공간이 주는 이질감에 대하여 이야기하고 있다. 마치 부표 밖으로 밀려난 목선과 같은 심정이다. 파도와 철새의 울음에 감정의 이입이 일어나는 것은 당연하다. 이러한 화자의 시선은 작은 것, 가까운 것에서 보다 크고 먼 것으로 이동하면서 감정을 가라앉히고 심연을 헤아리게 된다. 1연에서 '바위', '목선', '부표', '파도', '철새'와 같은 사물을 바라보던 화자의 시선은 2연에 이르면 '해안선', '파고', '광양만'으로 확장되며, 마침내 3연에서 풍경 아래로 사라진 '섬'에 대한 기억 혹은 부재를 향한다. 이처럼 시인은 사라져 가는 것들, 개발과 같이 힘에 의해 파괴되는 장소들에 대한 애착을 보인다. 추억과 현실의 긴장된 만남이 시조라는 형식 안에서 이뤄지고 있다.

김연동 시인의 시인됨의 연원은 등단작에 비춰 비극적인 감성인 듯하다. 대체로 비극적인 인식은 「신도 한 밤이란다」와 같은 시가 시사하듯이 '부재하는 신'이라는 서구적 사유와 연관되지만 비극적 감성이 곧 비극적 세계관을 뜻하는 것은 아니다. 우리에게 비극적 감성은 역사적인 질곡이나 폭력에 기인한 개인적이고 집단적인 상처에서 비롯한 경우가 많지만 상처의 치유나 극복 그리고 궁극적인 화해를 지향하는 경향이 크다. 다시 말해서 비극으로 몰입하지 않고 희망과 행복의 실마리를 찾아 끝내 희극에 이르려 하는 낙관주의를 보인다. 순환하는 자연의 이념은 이러한 낙관주의의 배후다. 비바람과 가뭄을 견디고 싹을 틔우고 잎을 맺고 꽃을 피워 열매를 영글게 하는 식물처럼 구경의 생에 대한 신뢰가 있다. 김연동 시인의 첫 시집 『저문 날의 구도』는 시인이 지닌 비극적 감성과 더불어 생에 대한 근본적인 낙관이 직조된 시편들이 많다. "상흔"(「청사진 한 장」에서)이나 "절망"(「노을」에서) 그리고 "슬픔"(「일기 8」에서)과 "어둠"(「회전목마를 타고 싶다」에서) 등의 감정양식을 지향하는 시인의 의식이 두드러지지만 이러한 데서 벗어나려는 의지 또한 강하다. 가령 이러한 의지는 "산비탈 바람 앞에 홀로 서서 눈 맞으며/피맺힌 시간을 트는 한 그루 동백처럼/시리고 시린 절망을/태울 꽃을 피우리라."(「의자」에서)와 같은 구절에서 잘 드러난다. 붉은 동백은 불타는 꽃이다. 그것은 꽃피는 희극이자 꽃 지는 비극이다. 그러나 시인은 지는 꽃에 더 많은 의미를 두지 않는다. 절망을 태워 꽃피우는 데 주목한다. 그만큼 시인의 의지는 생의 긍정과 희망을 향해 있다.

"피 흘리는 하늘 아래 철망 쓴 장벽처럼/통곡마저 삼켜버린 차단된 길 있다 해도/이 시간 가야만 하는/거역할 수 없는 노정."(「밤의 고속도로」에서)

그런데 시인이 지닌 비극적 감성의 경험적 기원은 분명하지 않다. 물론 이러한 기원을 추적하는 일이 반드시 필요한 일도 아니다. 다만 그것이 유년 시절 겪은 전쟁의 상흔이 아닌가 짐작이 갈 뿐이다. 시인의 유년을 공포로 물들인 한국전쟁의 기억은 여러 시편에서 흔적으로 배여난다. 흔적으로 배여난다는 것은 기억 속에 억압의 기제가 있다는 것인데 예를 들어 "전화(戰禍)로 일그러진 우리들 혈맥 속을/비 오고 바람 불어 내벽은 금이 갔다."(「일기 10」에서—그런데 이 시의 표제는 2시집에서 「행간」으로 바뀐다)와 같은 구절이 이를 시사한다. 하지만 애써 시인의 전기적이고 가족사적인 내력을 염탐할 까닭은 없다. 그럼에도 시인이 폭력을 내재한 이념이나 개발에 대하여 반대의 입장에 서는 것은 단순하게 시인이기 때문이라고만 할 수 없는 경험적 배경을 지니고 있는 것으로 보인다. 유년의 경험이 그를 시인으로 이끌었을 것이기 때문이다. 그것은 시적 비전의 삼박자와도 일치한다. 원초적인 화해의 세계와 그것의 파괴 그리고 상처의 회복은 김연동 시인의 시작의 계기와 지속성을 보장하는 의식형태이다.

목이 타는 강언덕 쌓이는 노을 속에
한 점 설움마저 화인(火印) 찍힌 풀잎들이
인동(忍冬) 끝 얼룩진 하늘을
호명하며 매달릴 때,

자성의 창백한 길을 휘파람만 불며 가다.
나는 강물이 되어 출렁이는 노래가 되어
흐르는 저 시간 위에
부딪치고 부서지며,

비록 날선 바다를 만난다고 할지라도
찬연하게 빛나는 햇살 한껏 반짝이고
속살에
단비 내리는
그런 날을 꿈꾸며 간다.
(「강물이 되어」 전문)

이와 같이 아름다운 시가 지닌 문법은 김연동 시인의 의식지향을 매우 잘 반영하고 있다고 생각한다. 애초의 '화인' 같은 상처를 견뎌내고 세월의 추이와 더불어 생을 연단하면서 마침내 "햇살 한껏 반짝이고/속살에/단비 내리는/그런 날"을 만날 것이라 예감하고 있다. 사실 모든 희망의 예감은 절망이 거름이 될 때 생성한다. 환상이 없다면 환멸이 없겠지만 그 역도 마찬가지로 성립한다. 시인은 "지난 길 돌아보지마//환한 꽃잎 잘리던 날"(「찻잔에 비친 계절」에서)이라고 말한다. 환멸과 상처의 시간을 생성의 시간으로 바꾸어 나가는 과정이 시인의 삶이자 시적 과정이다.

"늘 어둠에 쌓여 폐광처럼 비어 있었다"(「나의 항구」에서)는 구절을 시인의 내면에 대한 진술로 단정하는 것은 성급한 일이 될지도 모른다. 그러나 단순한 외부 풍경의 서술로 볼 수도 없다. 벌써 표제가 내부의 풍경임을 시사하고 있기 때문이다. 추억은 시인에게 상처이기도 하지만 먼 곳의 불빛처럼 아득한 희망의 원천이기도 하다. 그만큼 양가성을 지니고 있다. 시인은 "고향길"을 "이끼도 슬지 않는 포도 위 찬 가슴은//침울한 하늘 아래 속이 까만 새가 되어//물 푸른 길섶을 베고/별을 짚어 흐른다"(「고향길」에서)라고 노래한다. '속이 까만 새'와 '별'의 이미지가 만드는 대비가 사뭇 심각하다. 그러나 고향엔 "어머니"(「어머니」를 참조하시라)가 있다. 유년의 기억은 "차디찬 지상"(「어머니」에서)을 견뎌내는 생명의 기원이기도 하다.

내 영혼의 뜨락 위에 금간 계절이 내려
우수 깊은 이마를 짚고 목련을 피우건만
봄 한 날 그늘진 가슴
눈물이듯 비에 젖네

한 잎 두 잎 지는 꽃을 수틀에 심는 동안
시대의 아픔들은 불면으로 뒤척이고
지상엔 불신의 눈빛이
잎새처럼 피고 있네
(「사월」 부분)

이 시의 표제인 '사월'은 중의로 읽는 것이 옳을 듯하다. 한갓 봄을 말하기 위하여 '사월'이라 하지 않았을 것이라 짐작된다. "내 영혼의 뜨락 위에 금간 계절"이라는 표현에서 보듯 역시 시인은 상처를 말하고 있다. 아울러 상처를 극복하기 위한 인고의 세월을 상기한다. 그럼에도 달라지지 않는 세계는 시 속의 주인공(시인의 다른 얼굴)을 여전한 고통 속에 잠기게 한다. 이 시를 통하여 말하고 있듯이 지상의 고통과 슬픔은 쉽게 사라지지 않는다. 오히려 영원한 것은 고통과 슬픔일지도 모른다.

3. 완성을 향한 도정

"잉태한/어둠만 삼키는/나의 노래 노래여,"(「회전목마를 타고 싶다」에서)라고 고백하고 있듯이 시인이 드러내고 있는 시적 의식의 주조음은 비애에 가깝다. 하지만 앞서 말했듯이 이러한 의식지향이 그의 시를 비가(悲歌)로 이끄는 것은 아니다. 고통이나 슬픔을 극복하는 것은 의지적 행위만 아니다. 때론 의지가 그것들을 심화할 수도 있다. 비극은 결국 강한 의지에서 비롯하는 파국에 다름 아니다. 시인이 지닌 비극적 감성은 이러한 파국에 대한 예지와 연관된다. 시인의 지혜는 수동성으로 생을 긍정하는 낙관주의를 형성한다. 그러므로 식물적 상상력은 단순한 회피가 아니다. 그것은 주체와 세계가 거듭 부딪히면서 체득하게 되는 인식의 소산이라 할 수 있다.

그대 맑은 영혼 수반 위에 올려놓다

고인 물 위에다 비처럼 뿌려보면

우리네 투명한 가슴 차오르는 밝은 햇살

산하 그늘진 곳 변방 어디 상한 그곳

이마엔 꽃이 필 거야 강울 일어설 거야

창백한 유산을 넘어 노래 출렁일 거야
(「봄 그리고 강」 전문)

이처럼 시인은 "창백한 유산"을 넘어 희망의 지평으로 나아가려 한다. 적어도 제3시집의 시기에 오면 어둠의 노래를 벗어나려는 시인의 입장이 분명하다. "점멸하는 시간 앞에 무딘 몸 추스르고/붓촉을 다시 갈고, 꽁지깃 벼린 날은/절정의 피가 돌리라/내 식은 이마에도"(「솔개」에서)와 같은 구절에서 시인의 태도는 미학적 '절정'에 대한 집중을 드러낸다. 그렇다면 시인이 고난의 삶과 고통의 세계를 버리고 미적 지평으로 이월한 것인가? 그것은 아니라고 생각한다. 무엇보다 시인이 시를 자신을 다스리는 그릇으로 생각하고 있기 때문이다. "진창에 빠진 욕망//비워라/다시 비워라//빈 그릇에 남는 허기"(「흔들리는 찻잔」에서). 이와 같이 시인은 '진창에 빠진 욕망'에서 벗어나려는 생각을 지니고 있다. '진창에 빠진 욕망'이란 비단 세속에 한정되는 것은 아닐 터이고 자신이 지닌 원망과 분노 등을 모두 포함할 것이라 여겨진다. 가령 유년을 "죽비 들고 건너가는 휘인 강 언저리로/꽃신을 신고 와서, 잊은 시간 몰고 와서/물총새 흔드는 유년/은빛 꿈이 파닥인다"(「꽃신」에서)라고 아름답게 회상할 수 있는 것도 유년에 대한 시인의 시선이 질곡이 아니라 원초적 화해로 바라보고 있음을 뜻한다. 실로 놀라운 시적 전환이라 할 수 있다. 물론 이러한 시적 전환이 일거에 시인의 시적 풍경을 다르게 만드는 것은 아니다. "한 족장 넘어서면 파란 바다 있다지만/내 지금 뿌리내린 앙금 깊은 이 물길/지상은 지친 삶의 소리/초록 꿈도 얼고 있다"(「겨울 광려천」에서)와 같은 구절이 말하듯이 시인은 여전히 세상의 한파를 증언한다. 하지만 과거의 기억에 구속된 세계를 말하고 있진 않다. 그만큼 기억의 공간에서 벗어나 있다는 증좌다.

삭은 사진첩이 윤나는 얘기하듯
한 해가 하루처럼 지나가는 포도 위에
추억은 빗물이 되어
추적추적 뿌립니다

낡은 책갈피 속 시들은 꽃잎 같던
유년의 삿갓을 꺼내 빗소리를 듣습니다

빗방울 영혼을 깨우듯
토란잎에 구릅니다

낮게 가라앉아 숨 돌리는 쉬리처럼
무수히 부대낀 시간 거울 앞에 눕습니다
물길을 헤집고 가는 역류의 꿈도 접고
(「빗소리」 전문)

한 개인의 역사에 경험적으로 놓인 '상흔'은 그것이 사고의 진전을 방해하고 의식의 열림을 구속할 때 소위 콤플렉스가 된다. 그러나 그것이 자기를 비추는 '거울'과 같이 대상화될 때 이야기가 된다. 아마 이 시가 후자의 영역에 속한다고 해도 무방할 것이라 믿는다. 특히 이 시의 결구는 추억이 고통스런 기원의 기억으로 이끌리는 과정이 아님을 시사한다. 그보다 앞서 읽은 「꽃신」의 한 구절처럼 회상의 한 장면으로 그려진다. "낡은 책갈피 속 시들은 꽃잎 같던/유년"이라는 진술처럼 시인에게 유년은 미적 거리를 지닌 대상이 된다. 이러한 과정과 더불어 시인의 시적 경향이 경험적 진술보다 미적 형상화에 더 많은 무게가 놓이는 것은 당연하다.

신호를 기다리는 차창을 두드린다
회색 근무복 입은 비정규직 노동자가
창백한 혼돈의 세계
그 전단을 내민다

사회면이 지운 기사 바람에 휘날린다
눈길이 머무르면 종양이 되는 창 밖
수술실 실리어 가는
환자처럼 흔들린다

가로수 검은 가지 초록의 싹이 돋아
추상의 푸른 시를 흩뿌리고 있는 아침
내 좁은 이마 위에는
사월에도 눈 내린다
(「출근길」 전문)

이처럼 시인의 시선이 지금-이곳의 일상적 삶에 가 닿아 있다. 우선 이러한 일상성의 획득을 의미 있게 평가할 필요가 있다. 시조가 고답과 초속의 형식미에 유인되는 폐단을 지울 수 있기 때문이다. 그렇다고 일상성을 특권화할 필요는 없다. 이 시의 묘미는 이웃의 고통을 외면하지 않는 화자의 태도가 3연의 정직한 대비를 만들어내는 데 있다. 타자의 슬픔과 고통을 안다는 것은 자기의 고통과 슬픔을 아는 일과 연관된다. 고통과 슬픔의 감염은 결코 나르시시즘에서 유발되지 않는다. 시 속의 화자는 담담한 진술로 고통의 감염과성을 말한다. 그리고 '추상의 푸른 시'와 '창백한 혼돈의 세계'라는 대비를 얻는다. 푸른 시의 추상과 창백한 세계의 구체가 시인의 내부에서 길항하고 있는 장면이다. 이러한 장면은 "시장 길을 돌아 나온/흰 시간 몇 가닥을/깊숙이 음각하는/좁은 내 이마 위에/세속의 길/등 시린 삶도/그려 넣고 있습니다"(「갈꽃처럼」에서)라는 구절에서도 반복된다. 그만큼 시인의 경향이 현실을 배제하는 미학주의로 흐르지 않는다.

오래된 낚시를 꺼내 강물에 던져 놓고

은빛 물고기를 기다리고 있는 동안

이따금 요란한 입질 낚아채면 허공이다

쳐다본 하늘 위엔 별빛이 무성하고

세속을 휘감아온 저기압의 바람소리

내 수면 키워온 달도 흔들리고 있구나

(「근황」 전문)

시인의 시적 지평을 잘 드러내고 있는 시가 아닌가 한다. 지금 시인은 세속과 초속 사이의 경계에서 시적 기대 지평을 형성하고 있다. 그의 '은빛 물고기'가 어떠한 경지를 말할지 아직 분명하지는 않다. 그럼에도 틀림없는 것은 그의 시가 더욱 자연스럽게 형식과 내용의 일치를 향하고 있다는 사실이다. '문질빈빈'의 도정을 꾸준하게 걸어온 탓이다. 미켈란젤로의 '피에타'를 '시론'으로 삼은 「미켈란젤로—시론」처럼 그는 또한 시와 도예를 하나의 경지로 바라본 초정 김상옥의 후예이기도 하다. 모더니스트들이 말한 '잘 빚어진 항아리'가 아니라 도(道)와 시가 하나의 지평에서 융합된 시학을 탐색하고 있다. 물론 "풀잎에/말갛게 매단/무채색의 눈물"로 표상되는 염결주의를 표방한 「이슬—시론」은 삶의 태도를 말한다. 시쓰기를 인격주의로 통합한 그이기에 자연스러운 진술이다.

청자 빛 하늘위에 상감한 무늬같이

화해 그 흰 날개로 천년을 날고 있는
단정학 고혹한 태깔
눈감아도 부시다

풀잎의 가는 몸짓 목이 쉰 울음소리
골목을 돌아 나와 구름 씻는 바람소리
만나면 노래가 되는 결 고운 그릇 하나,

백의의 혼불 같은 무수한 전설들이
어둠 속 별빛처럼 이마위에 내려앉아
닳은 내 손톱 밑에도
파아란 불꽃 튄다
(「그릇—時調」 전문)

김연동의 시조론을 대변하고 있는 이 시를 이 글의 마지막에 두어도 좋을 것이라 생각한다. '시조'라는 그릇을 통하여 궁극적인 '화해'를 지향해온 시인의 시학이 잘 드러나 있다. 완전이나 완성을 향한 과정은 도의 시학이 그러하듯 부재의 영역이라는 사실이다.

귀환의 노래, 신생의 노래
—김보한론

1. 시조, 생의 형식

정형 양식인 시조쓰기와 자유시의 차이는 통념과 달리 그리 크지 않다. 특히 이를 병행하여 쓰는 이에게 형식은 구속이 아니라 조절의 문제이다. 물론 처음부터 시조만 쓰거나 아예 시조에 관심이 없는 시인에게 둘의 경계는 마치 넘나들 수 없는 것처럼 간주되기도 한다. 그래서 둘 모두에게 시조는 형식의 문제로 인식되는 경향이 없지 않다. 후자에게 시조는 이미 낡은 형식이어서 자기를 표현하거나 현대적 삶을 그리기에 적합하지 않는 장르로 취급된다. 하지만 전자는 시조 형식이 지닌 전통적 가치를 여전히 보전해야 한다고 생각한다. 전자 가운데 보존과 함께 창조를 생각하는 이들은 자주 형식적 실험을 도모하는데 이는 시조 시학 내부에서 종종 논란의 대상이 된다.

김보한 시인에게 시조쓰기는 형식 탐구가 아니다. 자유시쓰기를 겸하고 있는 그에게 시조는 태도, 의지 나아가서 정신의 문제와 결부된다. 그의 전체 시작에서 주된 흐름은 자유시이다. 시조는 이러한 흐름과 함께한다. 그렇지만 시조가 하나의 지류인 것은 아니다. 오히려 본류와 더불어 다양한 지류를 지닌 것은 자유시라 할 수 있는데 시조는 본류를 형성하는 주된 에너지 가운데 하나이다. 시조쓰기는 그의 시적 지향을 잘 요약한다. 이러한 점에서 제2시조집 『고향』에 드러난 시적 족적을 따라가면서 그의 태도와 정신을 만날 수 있을 것이다.

김보한이 시조시인으로 처음 공적 면모를 드러낸 것은 1986년 신춘문예 당선작이 발표된 〈경향신문〉 지상이지만 이보다 앞서 그는 수년 동안 초정 김상옥 선생을 스승으로 모시면서 시조를 공부했다. 초정과 김보한의 인연은 사제 관계이자 동향이라는 점에서 예사롭지 않다. 「세세로 시가 갈 길을 점지해 두셨다—초정 김상옥 스승님 팔순 기념에 부쳐」가 말하고 있듯이 초정은 김보한 시인에게 시의 길[道]을 알려준 이로 각인된다.

센 지조 빼어난 시정
서슬 퍼렇던 운명의 심연

평생을 이채띠어
영롱한 위업 앞에

세세로 시가 갈 길을
점지해 두셨다.
(「세세로 시가 갈 길을 점지해 두셨다—초정 김상옥 스승님 팔순 기념에 부쳐」 부분)

난세를 지조로 살아왔을 뿐만 아니라 특출한 개성과 빛나는 위업을 달성한 초정은 김보한 시인에게 평생의 사표이다. 이런 초정이 김보한에게 끼친 영향은 한두 가지가 아닐 것이다. 그 가운데 무엇보다 먼저 스승을 거울 삼아 좋은 작품을 써야 한다는 '영향의 불안'을 들 수 있다. 평소 자신이 쓴 시를 다 욀 정도로 작품의 완성도를 견지하려는 시인이지만 자유시 쓰기와 견줄 때 시조쓰기에 있어 그 엄정성이 더한 것은 틀림이 없다. 이는 등단 이후 10년 만에 첫 시조집을 내고 다시 15년이 흐른 뒤 제2시조집을 발간하고 있는 시인의 태도에서 드러난다. 과작이 아니라 2시조집 서문에서 말하고 있듯이 쓴 것을 가려 뽑고 그 나머지는 버리기 때문이다. 그런데 이러한 시인의 입장은 또한 통영 시조 시단에 대한 그 나름의 위치 감각과도 연관된다. 김보한은 스스로 통영의 시조시인 탁상수, 장응두, 김상옥의 맥을 잇는다는 생각을 견지하고 있다. 그에겐 선배 시인들에 대한 경배와 고향에 대한 자부와 애착이 함께하는데 2시조집 『고향』이 이를 고스란히 증명하고 있다.

2. 세상의 뒤안길

표제가 말하고 있듯이 2시조집 『고향』에서 먼저 관심이 가는 것은 고향의 노래가 많은 1부 '고향집'이다. 고향에 대한 시쓰기는 대부분의 시인에게 추억의 형식에 속한다. 또한 고향 아닌 곳에서 고향을 그리워하는 노래가 많다. 그런데 김보한의 고향시는 고향에서 고향을 노래하고 있다. 그의 고향 노래는 곧 귀환의 노래이며 상대적으로 근작에 집중된다. 이는 시인이 대도시의 삶을 접고 고향으로 내려간 지 20여년이 지났다는 점에서 생각을 요하는 대목이다. 그동안 시인의 고향 노래가 없었던 것은 아니다. 어업에 종사하면서 고향 사람들과 바다와 섬을 시로 써 왔기 때문이다. 그는 이미 주지하듯이 소위 연안역 해양시의 뚜렷한 성취를 이루었다. 하지만 이번 시집의 1부와 같이 뚜렷하게 고향을 경배하고 있는 것은 드물다. 현실의 여러 조건이 그로 하여금 고향의 사업에 종사하게 하였으나 시적 차원 혹은 정신적 차원에서 귀향은 한참 뒤에 완성된 것이라 짐작된다. 이러한 점에서 완전한 귀향에 이르기까지 그가 지나온 세상의 우회로가 궁금하다.

시집의 3부 '어느 사연'은 방황과 배회의 산물이다. 고향을 떠나 낯선 공간에서 만난 사물들을 노래하고 있다. 그런데 고향과 다른 공간의 왕래가 순차적인 과정은 아니다. 또한 낯선 곳으로의 행보가 고향에 대한 이반을 의미하는 것도 아니다. 무엇보다 안정을 노래할 수 없는 마음이 문제인데 이는 시인의 실존적인 정황에 연루하는 바이다. 하지만 시인의 어조와 태도는 개인사를 말하려 하지 않는다. 이보다 순례를 통하여 초극과 희망의 징표를 찾으려 한다. 그만큼 길 떠남이 의지적이다. 그리고 이러한 의지적 행위는 시조의 형식을 통해 갈무리된다.

우거진 억새 벌판

예감처럼 길은 열려

덜 삭아 모진 상념
석축마다 애달픈 뜻

황량한 바람만 닿아
슬픈 혼을 달랜다.
(「비련의 꽃」 부분)

시인은 이와 같이 길 위에서 "모진 상념"과 "애달픈 뜻"과 "슬픈 혼"을 만난다. 단순한 감정이입이 아니라 상처와 슬픔에 민감한 시적 자아의 열린 의식("예감처럼 길은 열려")이 사물들과 만나는 장면이다. 시인은 길 위에서 외부에 이끌리면서 내면의 확장을 경험한다. 가령 다음의 시는 "잡초"의 생리에 기대어 신생을 염원한다.

그 향기 품은 열정
길섶엔 독 오른 잡초

짓이겨 으깨져도
키워온 굳센 기운

여태껏 발걸음 균형
모져 새날 폈것다.
(「길섶에서」 전문)

여기서 "잡초"는 의지를 표상하는 은유인데 시적 화자의 일방적인 투사의 대상에 그치지 않는다. 이 시에서 '나'와 '잡초'는 같음과 다름을 서로 포개거나 바꾸면서 의미의 확산을 가져온다. 그리하여 '잡초'의 "굳센 기운"은 '나'의 삶에 "균형"을 깨우고 마침내 "새날"에 대한 기대를 이끈다. 화자는 세상의 뒤안길에서 생명의 상호작용에 의한 긴장된 균형상태를 인식하거나 회복하게 된다. 이처럼 세계로 나아가는 주체는 '나'이지만 '나'를 '나'답게 만드는 것은 '나'의 안이 아니라 바깥이다. 시인은 외부로부터 부여받는 시적 계기들을 받아들임으로써 사물에 대한 지각을 민활하게 하고 일정한 인식에 이른다. 그래서 어느 성곽에 핀 꽃에서 "절절한 염정"(「겨울, 언, 성곽에 핀 꽃」에서)을 읽고 노을 진 풍경에서 "속살까지 적신 회한"(「사연」에서)을 느낀다. 장소와 풍경이 시인의 마음을 이끌고 있다. 먼저 그런 시인의 심정이 있는 것이 아니라 우연히 맞닥뜨린 사물(serendipity)이 시인의 마음을 물들게 한다.

석양빛 나래 펼 때
제종은 울려오고

눈물은 개울 되어
골수에 사무쳐도

머리엔 큰 칼을 쓰고
길을 가는 여인아.

구만리 깊은 골에
굴레 벗은 연꽃 송이

숨결은 수면에 잠겨
가슴 깊이 밀려오고

홀연히 뜬 구름 되어
산자락을 감돈다.
(「무덤」 전문)

1982년 『물푸레』에 발표하였음을 부기하고 있지만 등단 이전에 쓴 것일 뿐만 아니라 1시조집에도 포함시키지 않은 작품이다. 그럼에도 시인은 이 시의 의미를 다시 부각하고자 한다. 목소리와 태도에서 시인의 표정이 두드러진 이 시는 「무덤 곁에서」와 적절하게 대응된다.

홍자색 이 싸리 꽃
무덤 곁 피어 산다.

알만한 몸짓으로
무엇을 홀리느냐

별 쬐는 섬의 산중턱
소담스런 속삭임.

피는 곧 생명이다
의식 속 숨결이다

그 향기 퍼진 둘레
벌 쏘고 나비 날고

다소곳 붉히는 꽃술
어른대는 지난 날.

길 찾아 어둠 걷고
쓸쓸함 달래었다.

감당 못할 밀물처럼
못 지운 사연 있어

황량이 스러진 이름
잠잴 수 없는 그리움.
(「무덤 곁에서」 전문)

두 편의 시에 등장하는 "무덤"이 동일하다는 확실한 증거는 없다. 또한 같거나 다름을 가리는 일이 그리 중요한 것도 아니다. 다만 초기시부터 오랜 동안 반복되는 무덤(혹은 죽음)의 이미지가 김보한의 시세계에 중요한 자리를 차지하고 있음을 지적하려 한다. 왜 시인은 애써 죽음의 문제를 강조하려는 것일까? 처음의 시에 해당하는 「무덤」은 「무덤 곁에서」가 말하고 있는 "못 지운 사연"과 연관될 수 있다. 시인에게 내재한 트라우마로 유추되는데, 전자가 매우 직접적인 조곡(弔哭)에 가깝다면 후자는 그리움을 담은 비가(悲歌)에 해당한다. 전자가 한 여인의 억울한 죽음과 죽음으로 가능했던 초월을 말하고 있다면 후자는 이편 생명의 세계에서 죽음 저편으로 가버린 망자에 대한 그리움을 진술한다. 어떻게 보면 두 편의 시는 연속성을 지님과 더불어 매우 큰 시적 변화를 시사한다. 선험적인 죽음의 경험으로 위태로운 경계를 탐문하던 초기시에서 완벽하게 탈피하여 후자의 시가 진술하는 것처럼 "피는 곧 생명", "의식 속 숨결"이라는 인식에 이른다. 오히려 죽음의 문제는 이제 「어느 사연」, 「뉘 왕의 무덤」, 「고분에서」와 같이 장소의 유래나 "지난 기억"의 역사를 시적 대상으로 삼는 과정에 그친다. 반면 「달」, 「남향 집 한 채」, 「눈」 등에서와 같은 생성의 이미지, 생동하는 감각, 행복의 공간이 도드라진다.

3. 화해(和諧)의 바다

앞에서 말한 대로 김보한이 성취한 시적 목록 가운데 연안역 해양시는 중요한 자리를 차지한다. 2부 '섬'은 주로 섬과 바다 그리고 어민의 삶을 노래하고 있으며 이미 그가 자유시 영역에서 보인 해양시의 수준을 반영한다. 김보한에게 섬과 바다는 대상화된 풍경이 아니다. 사람들의 삶이 있고 뭍 생명들이 살아가는 구체적 장소이다. 가령 「바다에서」는

"어부와 단짝 아내/그물 뜯어 수선하고//정갈히 몸을 사려/다투어 물일 가서//비바람 솟구칠 때도/그들 아랑곳없었다."라고 진술하고 있다. 어떻게 보면 시조가 지닐 법한 긴장이 약화되면서 서술적 경향이 두드러지고 있는데 이는 곧 삶의 과정을 말하려 한 데서 기인한다. 자연 강조되어야 할 행위들이 율격을 지닌 구절과 장으로 서술된다. 이처럼 시조의 형식적 제약과 그 안에 담고자 하는 내용의 이완이 묘한 조화를 이루는 것이 김보한 해양시조의 한 특장이다.

꽃답다 붐비는 섬
꺼져가는 그 공허함

창문이 드리워진
선창 곁 민박 근처

이웃들 엉켜 살아서
대를 피운 풍경이다.

담쟁이 어룽져서
가을이 둘러 있고

마음 길 더듬으며
속 깊은 삶을 찾아

해거름 쏟아질 불빛
귀항 바쁜 어선들.

복 되고 튼튼한 이들
일상은 분주한 터

뱃길에 이력난 어부
섬 안에 터를 묻고

한 조금 갸륵한 치성
다시 돋는 꿈이다.
(「섬—가을이 둘러 있는」 전문)

이 시의 시작과 끝은 출항과 귀항으로 구성된다. “꽃답다 붐비는 섬”으로 재현된 출항의 풍경은 “해거름 쏟아질 불빛”의 “귀항 바쁜 어선들”과 수미상응한다. 순환하는 시간 속에서 마을 사람들은 “담쟁이”처럼 한데 “엉켜” “마음 길 더듬으며/속 깊은 삶을 찾아” 살고 있다. 이처럼 김보한이 그린 "섬"은 사람들의 삶 속에 꿈과 희망이 있는 공동체다. 또 다른 시 「섬-분주히 꿈뜨는 봄의」는 12연으로 구성된 연시조인데, 봄이 오는 길목의 "섬"과 섬사람들의 다채로운 삶을 매우 아름답게 노래하고 있는 절창이다. "아늑한 네 속삭임/옮아오는 낮은 음표"로 시작되는 첫머리가 시사하듯이 이 시는 "멋"과 "울림"과 "분위기"와 "여운"을 모두 표현하려는 의도의 소산이다. 다시 말해서 섬과 바다, 섬사람들의 노동을 생명의 리듬에 맞춰 노래하고 있다. "흠도 티도 없이/요요히 읊은 여운"은 이 시를 통해 얻으려 한 시인의 시적 목표라고 보아도 무방할 것이다. 그만큼 시인은 연시조의 반복적 리듬 속에 생의 활기를 담아내고자 하였다.

"지척쯤 거리를 낸 섬/지고지순의 안식처다"(「삶의 둥지에서」에서)라는 시인의 진술은 시인의 시적 지향에 상응한다. 이는 삶의 구체적인 면면들을 추상한 미적 위계를 말하는 것이 아니며 삶에 대한 낙관주의를 의미한다. 왜 낙관주의인가? 그것은 생명의 자발성에 대한 믿음 때문이다. 재난과 고난은 김보한의 주된 관심사가 아니다. 무엇보다 이들을 모두 포괄하는 생명현상에 대한 인식이 앞선다. 예를 들어 「갯마을」이 말하고 있듯이 "쌓인 업"과 "매듭"의 역사조차 풀리고 "어울려 한 통속"이 되는 탓이다. 김보한은 한풀이로서의 삶이 아니라 "흥"과 "멋"의 조화미를 강조하고 있다.

청회색 등과 날개
괭이갈매기 하늘 덮어

가르는 긴 여운들
노을 끝 깔린 의식

분주히 배질한 끝에
등불 환히 밝히고.

먼 기억 한 점 티끌
볼이 붉은 저 산다화

다도해 고운 숨결
썰물로 드러난 해초

소금기 흩어논 바다
포갠 꿈도 여물어.
(「바다」 전문)

이처럼 김보한에게 바다는 화해(和諧)의 공간이다. 1연에서 갈매기들의 의식은 귀항하는 어선의 불빛을 예비한다. 모든 사물이 유기적인 연관 속에 놓여 있다. 그래서 2연의 "먼 기억"은 내일의 "꿈"과 분리되지 않는다. "산다화"와 "해초"는 생명의 연쇄를 의미하는 제유(synecdoche)의 등가물로 등장하는데, 삶은 지속의 물줄기 속에서 끊임없이 생성한다. 생성이라는 시적 지평은 김보한의 시를 해명하는 중요한 키워드다. 가령 「새끼가 연어로 되어」는 회귀가 곧 생성임을 시사한다: "해변은 들쑥날쑥/꼬리 들난 강 하구 지나//휘몰아온 뒤안길 회귀/놀도 빠진 배경 있어//사투 끝터 잡은 자리/알을 쓿고 있었다." 아름다운 공동체로서의 "섬"과 화해의 "바다"가 "고향"이라는 의미로 전개되는 대목이다. 회귀와 생성의 결부는 앞에서 말한 기억과 꿈의 연계와도 일치한다. 이제 시인은 더 이상 기억을 상처나 고통으로 환기하지 않는다.

해묵어 한결 화사해 눈 맞아 은은한 뇌리,
여운을 깜박 밝혀 마냥 구슬린 비취옥 바다
고향 뜰 쌈박한 단풍 불 지핀 것 도드라졌다.
(「가을 풍경」 전문)

이 시에서 먼저 주목되는 것은 회화적 이미지이다. 이미지는 시인의 의식에 지각된 모습이다. 그런데 온갖 관념과 관습에 얽매인 의식은 바른 지각에 이를 수 없다. 그야말로 자기가 지워진 맑은 의식의 상태에서 사물은 감각된다. 이 시의 1행의 사정이 그렇다. 의식의 외부가 감각을 이끈다. "비취옥 바다"와 "고향 뜰 쌈박한 단풍", 파랑과 빨강의 색상 대비가 선연하다. 그만큼 "고향"은 기억 속에서 나와 시인의 눈앞의 현실이 되었다.

4. 고향의 노래

시집의 표제로써 '고향'을 강조한 것에 부응하여 시인은 내부의 텍스트를 배치한다. 1부에서 3부로 갈수록 근경에서 원경으로 멀어지고 있음을 알 수 있는데(물론 1부의 산시는 예외다) 고향의 의미를 부각하려는 의도와 무관하지 않다. 이러한 시인의 의도를 존중할 때 3부에서 1부로 거꾸로 읽어가는 방법이 유효하다. 하지만 첫 작품과 끝 작품은 "집"이라는 의미로 시집 전체를 한데 모은다. 이 대목에서도 이번 시집에 기울인 시인의 정성을 이해할 수 있다. 무엇보다 집, 고향집으로의 귀환을 말하고자 한다.

A) 황톳길 굽진 언덕 흥에 들뜬 휘파람소리
감국甘菊이 핀 골목길로 밥 짓는 연기는 감고
초동樵童들 부르는 소리 카랑카랑 번진 곳.

한 고독 허물을 벗어 포로롱! 용틀임 끝에
꽃물 빛 아슴푸레 아른어른 너울 잦고
그 대숲 울을 둘러서 생모生母 품이 따로 없다.

살붙이 먹감나무 윗대이어 번창한 곳
된보름 그곳에는 달도 휘영청 중천에 걸려
귀뚜리 경 읊는 성소, 멀고 낮아 푸른 집.
(「멀어 푸른 집—2007년 한창 심심한 어느 봄날 다시 개작하다」 전문)

B) 네 부쩍 꽃 떨고 져
허리춤 낮게 진홍빛 기류

품성이 톡 쏘는 꽃말
화색이 돈 정갈한 몸

썩도록 제살 으깬 뜰

혹하는 벌들 어린 집.

(「톡 쏘는 꽃말 아래서」 전문)

A)와 B)는 시집의 끝 작품과 첫 작품이다. 두 작품에서 초정 시조미학의 기미가 엿보이는데 고향 혹은 고원(故園)을 향한 염원이나 그 어법에서 상통하는 맥락이 있다. 이 또한 고향에서 고향을 노래하는 시인의 지향을 알리는 대목이다. B)는 고향집을 특정하고 있는 것은 아니다. 하지만 말과 몸과 집이 하나인 세계를 지향하고 있다. 이 시에서 "꽃말"은 설명이 아니라 실재이다. 따라서 "말"은 "집"이 되고 "마을"이 된다. A)는 거듭 개작할 만큼 시인이 애착을 보인 작품이다. 이 시에서도 우선 시인의 열린 감각이 주목된다. 청각과 시각과 후각과 촉각이 한데 어우러져 풍경을 느낀다. 특권화된 감각의 논리를 뒤집어 온몸으로 사물을 지각하는 것이 공감각이다. 또한 이것은 외부와 내부의 경계가 사라지면서 민활하게 운동하는 생명의 장을 열어간다. 그래서 굽진 언덕에서 휘파람소리도 흥에 들뜨고, 고독조차 허물을 벗어 소리를 낸다. 모든 사물들이 "생모 품"처럼 서로를 껴안으며 활기로 충만하다. "귀뚜리 경 읊는 성소, 멀고 낮아 푸른 집." 달리 '고향집'이라 할 수 있을 터인데 시인은 기억 속에서 현실로 그것을 불러내는 작업을 하고 있다.

고향 통영바다에서의 건강한 노동을 경험하고 세상의 뒤안길에서 숱한 사연으로 점철된 삶을 깊이 이해하면서 김보한은 불안정한 존재, 유동하는 자아, 세계에 대한 환멸 등을 뒤로 하고 행복의 시학을 전개하고자 한다. "고향"은 그의 시와 존재의 전환을 집약하는 중요한 개념이다. 고향상실에서 비롯한 추억이나 서정적인 회감(回感)의 차원을 넘어서 생성과 신생의 지평을 펼치려는 의지와 연관된다. 이러한 점에서도 이번 시집이 지닌 의의가 크다.

고향집 옴폭한 남새밭 허리남직 쑥대판이고
뒷산서 스민 물줄기 발효되어 솟는 옹달샘
주인도 볼 낯 없는 일, 놀고 자빠진 춤사위들.

옛 추억 갈앉혀놨다가 귀 살포시 간질이는
번데기 매운 치성에 팔랑 뛰는 뜰 안의 나비
네 풋내 요 익은 비파 당절 맞아 맛깔 난다.

소란도란 옛적 흔적 안면 트고 여태 살아
해묵어 등 굽은 석류나무 주홍 색상 만발했고
검붉은 한 말 구기자 양지 덕에 살도 곱다.
(「고향집」 전문)

의미의 차원에서 이 작품은 점층적 구성이다. 어조에서도 그러한데 고향집의 과거와 옛 추억을 해학적으로 처리하면서 그것의 무게에 구속되지 않는다. "쑥대판"의 현상이 없는 것은 아니지만 발효와 탈각 또한 활발하다. 여기다 "등 굽은 석류나무"는 변함없이 "주홍 색상" 꽃을 만발하고 "검붉은 한 말 구기자 양지 덕에 살도 곱다." 시인의 의도가 고향집의 퇴락을 말하려는 데 있지 않음이 명백하다. 오히려 신생의 가능성에 착목하고 있음을 알 수 있다. 그래서인지 시인은 "깡다구 생떼를 팔아 왕벚나무 고깔을 썼다" "이 난장 날품에 생기 잃은 혈맥 되돌렸다"(「왕벚나무」에서)고 "왕벚나무"의 생태를 예찬한다. 삶에 대한 환멸이나 회의적 세계에 대한 출구가 아니라 새로운 삶의 지평으로 다가온 고향을 생각한다. 혈맥을 되돌리려는 의지가 가열차다. 유난히 "봄"의 상징이 풍부한 까닭이 여기에 있다.

겨웁게 뻗댄 동면/맺힌 업을 풀어쌓고

복됨은 인고의 세월 탓
인제사 솔깃하다.

한 기상 움켜쥐었다
늘어져 편 새 봄날.
(「봄날처럼」 부분)

인고의 겨울을 지나면서 맺힌 업을 풀어 "기상"을 움켜쥐려는 시인은 존재의 전환을 꿈꾼다. 초기시 이래 내재한 삶에 대한 비극적 감성에서 벗어나 희극적 긍정의 비전을 견지한다. 약간의 도식을 감수하면 그의 시세계는 고통과 상처의 기억, 한의 엉김과 눌림, 비극적 세계인식에서, 발효와 생성, 생명이 춤추는 멋과 흥, 희극적 세계인식으로 변전해 왔다. 말할 것도 없이 이 두 가지 지평 사이에 경계가 있는 것은 아니다. 시인의 삶 속엔 이 두 가지가 섞여 있었다고 하는 편이 옳다. 고향 통영의 삶을 통하여 시인은 생성하는 삶의 환희를 경험하고 있는데 시집 『고향』이 그 일단을 내보인다.

만발한 매화나무
남풍에 귀를 열다.

꽃술도 야들한 것
계곡 덕에 발도 살아

맞절에 흥이 부풀어
잇따라 눈뜬 것들.

줄타기 도탑던 꿈
살찐 봄에 몸도 성타.

청람색 물빛에 어려
한 절기 예서 풀고

움츠려 예비한 밀애
칭칭 감긴 허리 들끓음.

복됨이 철렁 넘쳐
벙글대는 해무 잦다.

갈무리 옷깃 여미어
숨 가쁜 목숨의 텃밭

뉘 생애 푸르다 짙어
눈길 부산한 언덕길.

(「돌맞이 봄」 전문)

이처럼 생동감 넘치는 봄맞이 시조도 드물 것이다. 단지 "만발한 매화"라든가 남풍 부는 바다의 "청람색 물빛"이 시적 대상이기 때문은 아니다. 거듭 말하지만 아무리 아름다운 풍경이 있다 하여도 주체의 의식이 열려 있지 않으면 아무런 소용에 닿지 않는다. 그래서 외부를 향한 존재의 감각이 중요한데 이 시에서 시인은 의식을 구속하는 콤플렉스를 걷어내고 외부의 생기와 호흡하는 모습을 보인다. 즉 "푸르다 짙어"가는 "생애"에 대한 감각을 지닌 것이다. 현묘(玄妙)의 감각은 존재를 축복하는 미감(美感)에 다를 바 없다: "닻줄 푼 된 갈바람/사투 넘겨 여백에 환칠//긴가민가 찰진 봄동/절로 취할 겉절이 맛//젖 뗀 것/거출한 눈매/엉덩짝 도톰할 겨울초."(「긴가민가 봄날」) 이처럼 김보한의 시미(詩味)는 맛과 멋을 소통시키는 온 몸의 미감을 보이고 있다. 이는 속 꽃피우는 사연을 지닌 초기시와 다른 경지이다. 이제 그는 안에서 밖으로 터져 나오는 꽃핌의 감각이 선연한 시를 노래한다.

김보한의 고향 노래는 귀환의 노래이다. 생성의 환희와 신생의 기쁨이 터져 나오는 장관을 접하면서 그가 행복의 시학에 이르렀음을 알기 어렵지 않다. 그러나 여기서 우리는 그가 지나온 인고의 시간들을 간과하지 않아야 한다. 그것은 눈 내리는 산정에서 "꽃피어 화답할/머루금의 철쭉군"(「설악 소청봉 산정에서」에서)을 그리는 일과 다르지 않다. 그런데 "산정"이든 "막장의 토굴"(「좌불 앞에서」에서)이든 그가 찾은 것은 앙상한 정신주의가 아니다. "세세로/젖줄 챙긴 고목"이 "몸도 정정 그대로"(「고목」에서)이듯 그가 추구한 것은 진정한 생명의 기쁨이자 축복이다. 마치 성배(聖杯)를 찾은 기사처럼 그는 그의 고향에서 꽃피는 봄날의 절창들을 터트리고 있다. 이러한 그에게 축배를 건네고 싶다. 그가 일군 행복의 시학이 더 넓고 깊은 지평을 개진하기를 기대하면서.

뜨거운 심미주의

—이정환론

이정환의 시조는 아름다움의 끝 간 데를 지향하는 간절한 마음을 표출하고 있다. 아름다움은 시인의 주관적인 탐구 대상이다. 시인이면 누구나 그의 개성에 따라 아름다움을 언어로 드러내려 한다. 때론 위악적인 추함을 추구하는 시인도 없지 않은데, 추에서 아름다움을 찾기 때문이다. 이처럼 시인에 따라 궁구되는 미적 양상은 다양할뿐더러 넓은 진폭을 보인다. 자잘한 일상과 생활로부터 미적인 것을 발견하려는 이가 있는가 하면 자연스러움과 아름다움을 등치시키는 이도 있다. 한편 어떤 이들은 도시적 삶이나 인공적인 것에서 아름다움을 발견하기도 한다. 여기서 애써 미적 범주를 나누려는 것은 아니지만 추와 순수미 사이 다채로운 차이의 지평들이 존재한다는 사실을 말할 수 있다. 그런데 이정환이 추구하는 미적 지평은 순수미를 향해 있다. 그의 시는 현실적인 가치나 효용의 언어들을 지워내려는 의도의 산물일 경우가 많다. 무엇보다 순수한 아름다움에 이르려는 것이 시인의 궁극적인 시적 목표이다.

아름다움을 추구하는 이정환의 태도에서 그가 절대적인 미를 미리 설정하거나 앙상한 미적 관념을 표출하지 않는다는 사실이 가장 먼저 주목된다. 그가 표현하려는 것은 이상적인 미에 이르려는 과정이다. 그의 시쓰기는 항상 과정의 성실성(sincerity)이라는 문제의식을 포함한다. 가령 2009년에 발간된 『분홍 물갈퀴』의 「시인의 말」을 떠올릴 수 있다. "무구한 노래를 불렀지만, 나는 아직 목이 마르다. 눈을 뜨면 붓을 들고, 눈 감고 누웠어도 붓을 놓지 않는다."는 시인의 가열한 시적 열정에 대한 고백은 그가 시쓰기에 전신을 던지고 있음을 알기에 부족함이 없다. 그의 시는 오랜 동안 절정, 미의 정점, 적멸, 불멸과 같은 "끝의 끝"을 사모해 왔다.

길의 끝에 이르러 출렁이는 길을 본다

모든 이루어지는 것들의 이루어짐보다 더 무겁고 깊게 살과 뼈를 저미는, 영혼 깊숙한 곳을 온통 아프게 차지하고 있는 저 넉넉한 이루어짐의 평온, 저 다함없는 함몰의 시간, 그 끝없는 시름의 일직선상 그 위로

희디흰 바닷새 한 마리
문득
치솟고 있다
(「바다 앞에서3」 전문)

『금빛 잉어』(태학사, 2001)에 실려 있는 시인데 이정환의 미학적 입장이 집약되어 있는 것으로 판단된다. 그는 "길의 끝"에서 시작하려 하며 그곳에서 다른 이들이 보지 못하는 것을 보려 한다. 지상의 모든 것이 다하는 완성의 시간, "함몰의 시간"에 그는 "희디흰 바닷새 한 마리/문득 치솟고" 있음을 본다. 모든 존재들이 무화되면서 순백의 미가 출현하는 순간. 왜 순간인가? 순백의 미는 살아있는 존재의 시간과 거리가 있다. 그것은 존재의 시간이 단절되는 지점에 있다. 그런데 시인은 이러한 지점을 넘어설 수 없다. 그것은 현상의 세계와 다른 차원으로 이월하는 위험천만한 행위에 다름이 없으므로, 시인은 다시 자기 혹은 존재의 지평으로 돌아올 수밖에 없다. 자기표현이 가지는 자율적인 활력이

갖는 의의는 이처럼 존재를 열고 아름다움이라는 지평에 이르려는 지난한 과정에 있다. 이러한 과정에서 시인은 추억의 부름에 이끌리거나 내면의 소용돌이에 휩싸이게 되면서 시적 지평을 개진한다. 따라서 시인의 시쓰기는 완결의 형식이 아니라 과정의 형식으로 나타난다. 이는 이정환의 시조가 일정한 형태에 구속되지 않는 일과 일치한다. 오히려 3행 구조의 형식적 완결성은 시인의 시적 과정과 긴장관계를 형성한다. 그것은 시인의 미적 목표가 끝없이 지연되듯이 형식적 완전성 또한 유보되는 데 기인한다. 인용시는 초장의 문제설정이 중장의 과정을 거쳐 종장을 통해 해소되고 있음을 보여준다. 이러한 시적 전개에 있어서 중장의 충분한 서술이 바탕이 되었기에 종장의 귀결이 돌연하지 않다. 특히 "문득"이라는 어구가 지시하듯이 시인의 미적 지향이 자연스럽다.

강물 위로 새 한 마리 유유히 떠오르자

그 아래쪽 허공이 돌연 팽팽해져서

물결이 참지 못하고 일제히 퍼덕거린다

물속에 숨어 있던 수천의 새 떼들이

젖은 날갯죽지 툭툭 털며 솟구쳐서

한 순간 허공을 찢는다, 오오 저 파열음!

(「새와 수면」 전문)

이처럼 이정환의 시는 긴장이 이완되는 순간의 아름다움을 포착한다. 그것은 마치 팽팽하게 당겨진 거문고 줄이 손가락으로부터 튕겨 나올 때 나는 소리와 같다. 여기서 우리의 관심을 끄는 대목은 손가락과 거문고 줄의 상호작용이다. 인용시 또한 이러한 상호작용을 한 마리 새의 비상과 물결의 파동을 원인과 결과가 아니라 서로 연관되는 힘의 운동으로 파악한다. 외부의 사물 현상에 대한 관계론적 이해는 표현에 있어서 내부와 외부의 문제로 연결된다. 시인은 "못물도 천년의 못물, 내 안에 노니는 금빛 잉어"(「매혹」에서)라는 구절을 통해 말하고 있듯이 외부와 내부가 마침내 하나인 세계를 지향한다. 벼랑의 수선화 향기를 좇는 것은 그 향기가 지닌 황홀함과 무연하지 않겠지만 이와 더불어 내 안에 있는 간절한 마음이 있기에 가능한 일(「간절곶」에서)이라 할 수 있다.

에워쌌으니 아아 그대 나를 에워쌌으니 향기로워라 온 세상 에워싸고 에워쌌으니 온 누리 향기로워라 나 그대 에워쌌으니

(「에워쌌으니」 전문)

이 시를 시인이 대표작 가운데 하나로 내민 것은 이 시가 지닌 언어미학에 있지 않다. 그보다 시인의 시법과 심법(心法)을 말하고자 함일 터인데 나와 너(혹은 그대)가 서로 에워쌀 때 향기가 발한다는 취지를 전하고 있는 것이다. 우리가 흔히 만나는 심미주의의 한계는 사물들이 지니는 관계의 지평을 소거한다는 데 있다. 미의 정점을 향하다 보니 여타의 의미들이 배제되는 과정에서 유발되는 현상이다. 이럴 때 반인간주의나 반생명주의 미학이 파생하는데 이정환의 심미주의는 일찌감치 이러한 미학주의에 내재한 우려를 불식한다. 「너의 초상」은 이정환의 시법이 지닌 기반의 특장을 잘 말해준다. 주체의 내부에서 전개되는 "내홍"과 "내란" 그리고 "그리움"이 외부를 향하게 되고 "마침내/둥기둥 울리는 봄날의 북", "꽃처럼/찢어지곤 하는/애련의 북"으로 귀착되고 있다. 그러므로 "너의 초상"은 "나의 초상"과 구분되지 않는다. 말할 것도 없이 시쓰기에서 내부와

외부의 선후관계는 존재한다. 가령 시작 초기에 치중되는 자기표현은 내부에 치우친 양상을 보인다. 하지만 어떠한 표현도 내부에만 머물지 않는다. 초현실주의적인 자동기술조차 내부를 통하여 새로운 외부를 구성하는 경로를 보인다. 은유와 의인화는 시인의 내부와 외부가 만나는 과정인데 바깥의 사물을 자기화하면서 시적 지평을 확장하는 계기들이 된다. 물론 단순 은유나 의인화가 자기표현의 벽을 넘어서지 못하는 경우가 있다. 그러나 지평을 확대하려는 의지는 좋은 시인이 지녀야할 기본 덕목이다. 안에서 바깥으로 관심을 열어가는 시적 과정이 긴요하다. "삶은 파괴할 성채가 아닌 것이다//끊임없이 꿈꾸며 우러를 먼 별자리//한 줌 흙/물결에 실려/멀리 흘러갈 그날에도"(「먼 별자리」에서). 시인은 시를 위해 삶을 희생하지 않을 뿐만 아니라 시를 삶의 잔여로 두지도 않겠다는 생각을 지니고 있다. 어디까지나 삶을 긍정하는 가운데 아름다움의 경지를 궁구하겠다는 것이다. 이처럼 삶과 시를 분리하지 않으면서 미적인 것의 구경(究竟)을 탐문하는 시인의 지향을 우리는 "뜨거운 심미주의"라 불러도 될 것 같다.

꺾이고 꺾이어서 마디마디 다 꺾이어서
꺾이고 꺾이어서 마침내 사랑을 이룬

저문 날
모든 뼈대는
물소리를 내고 있다
(「헌사」 부분)

"뜨거운 심미주의"는 "사랑"의 감정양식과 다르지 않다. 타자와 사물에 대한 지극한 정성으로 미적인 공감의 지평을 열고자 하기 때문이다. 이 시가 "물소리를 꺾어 그대에게 바치고 싶다/수천수만 줄기의 희디흰 나의 뼈대"로 시작되었음을 상기할 때 "그대"에 이르는 시적 화자의 태도는 헌신에 상응한다. 이러한 태도의 궁극은 "흰 뼈만/남습니다, 아아/또 다시/천년"(「천년」에서)과 같은 영원 혹은 불멸에의 지향에 다를 바 아니다. 하지만 시인은 이러한 "흰 뼈"의 세계로 쉽게 이월하지 않는다. 몸의 기억에 성실하게 이끌리면서 구체적인 삶을 실감한다. 이는 "애월은 달빛 가장자리, 사랑을 하는 바다"라고 노래하고 있는 시적 국면과 일치한다. "무장 서럽도록 뼈저린 이가 찾아와서/물결을 매만지는 일만 거듭하게 하고 있다"(「애월 바다」에서)는 삶의 한 정황에 대한 진술이 말하듯이 시인은 유한한 육체를 지닌 인간에 대한 사랑을 시적 원천으로 삼고 있다.

꿈을 수몰시킬 수 없어 무릎 일으킬 때

잎들은 서쪽으로 물들어 흩날리고

물속에 들어간 이들 돌아오지 않는다

깊숙이 물에 잠긴 골목길에 붙들려서

수장을 마다 않은 그 가을 잠자리 떼

끝없이 어딘가로 가는 억새꽃이 보인다
(「수몰지의 가을」 전문)

이와 같이 깊은 울림을 주는 시를 구성하는 힘은 시인이 지닌 삶에 대한 사랑의 감정에서 유발한다고 할 수 있다. 이 시에서 시인이 그리고자 하는 것은 “억새꽃”이지만 그것이 자라고 있는 물길을 거슬러 수몰의 기억을 헤집는다. 그리하여 “끝없이 어디론가 가는 억새꽃”은 “꿈을 수몰시킬 수 없어 무릎”을 일으킨 이들의 이미지와 겹쳐진다. 시인의 시적 지평을 확장하는 계기는 다양하다. 인용시는 사물의 아름다움에 이끌리면서 기억의 부름에 호응하고 있다. 그리움은 과거에 연원하기도 하고 미래에 비롯하기도 한다. 유년의 이미지들에 이끌리는 이들이 줄곧 과거에 머무는 것은 아니다. 유년의 순수한 이미지는 현재를 박차고 미래로 도약하는 에너지가 될 수 있다. "끝없이 어딘가로 가는 억새꽃"의 이미지는 한편으로 향수를 환기하면서 다른 한편으로 신생에 대한 자각을 이끈다. 이처럼 "간절한 부름에 화답한" 경우는 「원에 관하여」에 모여 있는 일련의 시편들에서 더욱 뚜렷하다.

얼어붙은 땅을 파 본 사람이면 안다

삽자루가 가슴팍에
들이치듯 부딪칠 적마다

삽날에
불꽃이 튀듯
마음에 솟는 화염을

「원에 관하여」라는 제목으로 모인 일련의 시편 가운데 두 번째로 "삽"을 노래한 시이다. 이 연작들은 호미, 삽, 괭이, 쟁기, 낫 등 주로 농사에 쓰이는 도구에 대하여 서술하고 있는데 무엇보다 표제가 던지는 의미를 숙고하게 된다. 고된 노동과 삶의 고통과 기쁨(시집 『원에 관하여』에 실려 있는, 더 많은 사물에 대한 시를 참고할 수 있다) 등 모든 인간사가 자연이라는 원융의 세계에 포함되어 있다는 뜻을 시사하는 것이 아닐까? 이러한 추측은 "자목련 산비탈 저 자목련 산비탈 경주 남산 기슭 자목련 산비탈 내 사랑 산비탈 자목련 즈믄 봄을 피고 지는"이라는 구절로 한 편의 시조를 구성하고 있는 「자목련 산비탈」의 시적 진술을 통해 확인할 수 있을 터이다. "즈믄 봄을 피고 지는" 대자연의 이치 안에서 인간의 삶은 그 유한성에도 불구하고 긍정된다.

이정환은 『분홍 물갈퀴』에 실린 「시인의 산문」을 통해 자신의 시적 탐구의 대상으로 "눈물꽃나비"를 표상한 바 있다. "내가 음악을 듣고, 시를 쓰고, 노래하는 것은 눈물꽃나비를 만나기 위한 소망 때문이다. 눈물꽃나비는 나에게 무엇인가? 대체 그의 존재는 무슨 의미를 가지는 것일까? 아직 아무도 본 적이 없는 눈물꽃나비를 찾아 나는 날마다 길을 떠난다." 마치 화두처럼 쉽게 풀 수 없는 의미를 지닌 것이 "눈물꽃나비"인 듯하다. 그래서 『금빛 잉어』에 게재된 동명의 시편을 찾아본다.

내일 오겠다고 돌아선 바람 다시 본 일 없듯 잠시 후 오겠다 고 물러간 일파만파 다시 본 사람 없듯

저 천지를 진동할 듯한 폭음 끝에 빚어진 기암괴석 월포 바다 기슭에 굴러 내려와 박혀 이제까지 저렇듯 침묵하고 있는 까닭 깎이고 이지러지고 패인 그대로 침묵하고 있는 까닭 눈여겨보는 이 애시당초 없듯

끝없는 그 끝을 향해 날아오르는 눈물꽃나비 눈물꽃나비 여태 아무도 본 일이 없다

쉽게 요해될 수 없는 표상으로 등장한 "눈물꽃나비"이다. 하지만 1연과 2연이 말하고 있는 시간의 흐름과 사물의 변화에도 불구하고 "끝없는 그 끝을 향해 날아오르는" 것이라는 점에 주목하지 않을 수 없다. 시인이 지닌 아름다움에 대한 궁극적인 관심을 집약하는 이미지가 아닐까? 아직 학명으로 존재하지 않는 명명이라 할 때 이는 분명 시인이 찾고자 하는 필생의 대상임에 틀림이 없다. 눈물과 꽃과 나비가 한데 융합된 이미지의 지평! 비애와 미와 승화가 함께하는 경지가 아닌가 한다. 그렇다면 슬픔은 어디에서 오는가? 그것은 구체적인 존재의 실감에서 오는데 아름다움 앞에서

존재론적 슬픔은 더 깊어지게 마련이다. 시인은 궁극적으로 "나비"의 지평으로 넘어가고자 하지만, 곧장 넘을 수 없는 경계에서 쓴 시가 「디르사의 비가」라 할 수 있다. 희랍어 어원을 둔 "디르사"는 성서에 등장하는 아름다운 도시 혹은 완벽한 아름다움을 지닌 신부 등의 뜻을 내포한다. 시인 또한 이러한 어원에 착안하여 "완벽한 아름다움을 지닌 신부"의 의미를 패러디하고 있는 것처럼 보인다. "내 사랑아, 너의 어여쁨이 디르사 같고 너의 고움이 예루살렘과 같다"고 하듯이 "디르사"는 지상의 삶과 고통의 시간을 모두 치유하고 영원한 화평의 세계로 인도하는 종교적 법열의 위상을 지닌다. 시인은 이 시를 통하여 "디르사"가 지닌 기독교적인 내포를 변용하여 미적 궁극 혹은 미의 법문을 지시한다. 그래서 "디르사"는 이별의 슬픔과 삶의 고통들이 마침내 말로 표현할 수 없는 순간의 아름다움으로 표상된다.

아주 먼데서 내처 찾아온 이 있어

온몸으로 얼싸안고 울었다, 애저녁

불붙어
일체가 되는

순간의

오, 저 불립문자!

「디르사의 비가」의 마지막 5연인데 앞선 4연까지의 과정이 순간의 미학으로 귀결되고 있다. 그러나 시인은 말한다. "오, 저 불립문자!" 뜨거운 심미주의자의 궁극적 지향은 여전히 필설로 다할 수 없는데, 이는 그가 비가에 머물지 않을 수 없는 까닭이기도 하다. 슬픔을 제외하고서 그 누가 우리 삶의 아름다운 진실을 말할 수 있겠는가? 미적 구경 또한 비애를 벗어나 존재할 수 없다. 그러므로 시인의 심미지향이 진실 되다. 그가 지닌 관심의 지평이 확장되고 심화될수록 '눈물꽃나비'의 표상처럼 난해한 법문을 포함하지 않을 수 없을 것이라 예견한다.

생의 감각과 은유의 매혹

—정희경론

「조리笊籬에 관한 명상」에서 정희경 시인은 시쓰기를 "조리질"에 비유한다. "알갱이"를 걸러내는 "조리질"의 과정이 시어를 골라 "시문"을 완성하는 일과 흡사하다는 것이다. 시인은 먼저 벽에 걸린 조리 한 쌍을 통해 "어머니 말씀"을 상기한다. 고르고 바른 언행을 암시하는 어머니의 "조리질"은 시인에게 생활 속의 시조 쓰기라는 차원으로 비약한다. "어머니 말씀"이나 "조리질"은 모두 유년의 기억과 연관된다. 시인은 추억 속의 풍경을 떠올리면서 오늘의 삶에 의미를 부여한다.

조간신문에 쏟아지는 건조한 방백들

자꾸만 가라앉는 알갱이를 띄워서
엉성한 불혹의 새벽
시문을 조리질한다

시를 쓰는 시인의 표정이 선연한 대목이다. 세속으로 흩어지는 무의미한 말들에 가려진 진실된 언어를 찾아서 "시문"을 구성하고 있다. 시인은 과거의 기억을 되새기며 현재의 삶을 반성한다. "조리질"의 은유가 말하듯이 그녀의 시쓰기는 일상과 생활 속에서 이루어진다. 이는 생활을 희생하는 방식으로 시를 찾지 않음을 의미한다. 시인에게 시쓰기는 생활세계에서 균형감각을 유지하고 삶의 위엄을 견지하는 과정이다. 시조는 이러한 과정에 어울리는 형식이다.

미세한 길목까지 초점을 맞춘다
자꾸만 흐려지는 시야를 핑계 삼아
더러는 타버리는 일
맹점에 닿아도

갈림길은 정녕 없다 돌아설 순 더욱 없다
직선으로 쏟아지는 빛 단 한 번의 꺾임으로
당신을 읽을 수 있는

퇴화하는 맑은 날

(「볼록렌즈」 전문)

이 시에서 시조의 형식은 갑갑한 닫힘보다 열린 의식의 지향으로 받아들여진다. 시의 계기가 된 "볼록렌즈"는 시력감퇴라는 노화의 문제를 말하는 데 그치지 않고 "당신"이라는 대상에 이르는 매개로 진술된다. 그런데 여기서 "당신"은 누구일까? "맹점"을 걷어내고 "빛"으로 "읽을 수 있는" "당신"은 초월적 존재자이거나 대자연, 나아가 시인의 궁극적인 관심의 대상이라 할 수 있다. 시의 화제는 "볼록렌즈"이나 시적 지향은 "당신"을 향한다. 하지만 시인이 그 어떤 초월의 지평을 염두에 두고 있는 것은 아니다. "당신"은 일상 속에서 만나는 하나의 경계이다. 가령 "가을"을 "서늘한 눈매를 한 억새밭에 올라와서/구름도 터져버린 절정"(「가을의 손을 놓다」에서)이라고 표현하는 경우가 그렇다. 또한 시인은 병원에서 내시경을 하는 "그대"를 보면서 내 몸에 "그대 육성 흐른다"(「내시경을 보며」에서)라고 진술하기도 한다. 사물과 풍경과 사건이 존재의 의식을 고양하면서 시적 언어로 표출되고 있다.

정희경 시인은 생활 속에서 시조형식의 미학적 적합성을 좇아 시를 쓴다. 이 점은 그녀의 특이성으로 평가되어야 한다. 범속한 가운데 시적 경계를 넘보면서 다시 생활의 균형 감각을 유지하는 태도를 견지하는 것이다. 물론 모든 시편이 생활세계를 배회하고 있는 것은 아니다. 상상의 공간이 확장되고 미적 추구가 가열한 경우도 없지 않다.

> 말발굽 푸른 소리 오동나무에 서있다
> 올올이 패인 상처 명치끝 적시다가
> 광야를 내달리는 율 밤비를 불러온다
>
> 수백 번 고른 호흡 하늘빛 당겨놓고
> 가지를 잘라내는 쓰디쓴 잠행들
> 스스로 내 꿈자리에 밑그림으로 서린다
>
> 언 땅에 다시 벙근 저 고요 투명하고
> 무용총 벽화에 악보를 그리는 손
> 살아서, 꿈틀 살아서 활시위를 당겨라
>
> 긴장과 이완의 날 너울대는 현으로
> 두만강 건너오는 왕국의 소리 앞에
> 공명은 산조를 불러 달빛으로 토한다
>
> (「거문고」 전문)

이 시는 정희경의 시조에서 예외적으로 어조가 고조되어 있고 정격에 가깝다. 현대시조의 주된 흐름을 반영하고 있지만 시어와 이미지가 신선한 것만 아니니다. "거문고"의 유래와 역사성을 담으려 한 의도는 좋으나 과장된 수사는 시적 진실을 가린다. 아무래도 정희경 시조의 본령은 경험적 구체성에 있는 것이 아닌가 한다. 이는 시인이 시집의 표제를 "지슬리"라는 구체적인 지명으로 삼은 데서도 잘 드러난다. "지슬리"는 시인의 고향이다. 시인은 고향에 대한 원초적인 기억을 시의 태반으로 삼고 있다.

어머니가 보내오신 물 바랜 보따리
녹색 바다 줄지어 봄이 함께 묻어왔다
먼저 간 아버지 그리는 호미질도 얹어서

깨소금 한 숟가락 나비 섞어 무치면
까칠한 남편 입안 녹아나는 그리움
청도행 완행열차로 나의 봄은 가고 있다

꺾여진 활자들이 그네 타는 한나절
손톱 밑 검은 물은 훈장이라 여기며

내일은 나물 뜯고싶다, 또 다른 봄을 위해

(「텃밭」 전문)

"어머니"가 보내온 봄나물을 통하여 고향과 혈족의 추억을 상기하며 땅에 기반을 둔 건강한 노동과 희망을 말하고 있다. 봄나물에 촉발된 시인의 감성은 "먼저 간 아버지"와 혼자 남은 "어머니"에 대한 그리움으로 나타나고 자연과 함께하는 고향의 삶이 새로운 미래임을 예고한다. 되돌아보면서 지금의 "나"를 생각하고 "내일"을 구상하는 과정은 서정적 사유가 나아가는 경로이다. 시인은 이 과정에서 "녹색 바다", "나비", "꺾여진 활자"와 같은 은유에 이끌리기도 한다. 그리고 "봄"의 이미지를 반복하면서 그 의미를 증폭한다. 시인의 서정은 "청도행 완행열차"를 타고 고향을 지향하는 데서 시작한다. "청도행 완행열차"를 타고 마침내 당도하는 "지슬리"는 시적 원형이지만 시인에게 시인됨을 부여한 축복의 장소이기도 하다. 그녀에게 시는 "수맥을 끌어당긴 유년의 푸른 추신"이자 "허리를 곧추 세우며 일어서는 말"(「소나무」에서)과 같다. 유년의 기억이 오롯한 고향은 생의 의지를 회복하고 이에 상응하는 "말"을 환기한다.

홍건하게 고여 있던 일기日記를 말린다

가지에서 꾸던 단꿈 아직도 선홍인데
태탱한 가을을 널어 감물 드는 시간들

안으로만 삭여 오던 풋감의 떫은 속내
화관 같은 감꽃들 알알이 밀어 올려
앞뜰에 뚝뚝 떨어지는 아우성을 보았지

갈라지고 쪼개지고 더러는 문드러지고
늑골에 확 번지는 근황의 열꽃 몇 점
혈맥을 터트려 놓고 긴 겨울을 적는다
(「감물 드는 시간-지슬리 1」 전문)

"흥건하게 고여 있던 일기"가 전하는 의미가 무엇일까? 기억에 내려앉은 앙금들과 현재의 삶에 내재한 우여곡절들이 교차하는 장소가 아닐까? 아니면 지금의 삶의 표정일까? 어느 경우든 시인의 의식을 고향의 풍경으로 이끄는 연유가 된다. 고향의 경험에 감물 든 시인의 의식은 현실적 삶의 크고 작은 곤경에 직면하면서 원초적 경험에 내재한 순수하고 찬란한 국면들을 떠올린다. 1연은 현실에서 과거의 추억으로 가는 과정이고 2연은 추억의 가장자리에 순금의 경험으로 자리하고 있는 장면의 제시이며 3연은 현실적 삶에 대한 다짐과 의지의 표방이다. 감꽃이 피고 풋감이 열리고 마침내 홍시가 되어 떨어지는 자연의 변화는 시인에게 삶의 애환을 견뎌내는 이치로 각인된다. 달리 자연의 이념이라고 할 수 있는 이러한 관념은 삶에 대한 낙관주의를 파생한다. "근황의 열꽃 몇 점"이 "화관 같은 감꽃"이나 "앞뜰에 뚝뚝 떨어지는 아우성"과 병치되어 극복되는 것이다. 그러므로 "긴 겨울"은 비관이 아니라 낙관에 대한 의지를 표상한다.

유년의 고향이 시적 근원이 되는 것은 그곳이 의식이 분화하지 않은 단계에서 의식의 순수성을 지닌 장소가 되기 때문이다. 이러한 장소에 깃든 혼은 자주 시인을 부른다. 시인의 회감(回感)은, 부박한 도시와 대비될뿐더러 현실의 곤경들을 위무하는, 공감의 처소를 향하는 데서 비롯한다. 그렇지만 회감이 단지 돌아감을 뜻한다면 이는 현실로부터의 퇴각에 지나지 못한다. 소위 시의 변증법은 되돌아오는 데서 생성한다.

잘려 나간 별들이 발 아래 수북하다
도담한 사과 한 알 등처럼 매달고서
무수한 초록을 넘어 바람 앞에 다시 선다

현란한 수사들을 한꺼번에 버린다

메마른 가지마다 고갱이 돋기까지

파지가 쌓이는 오후 작달비 지나가고

(「적과-지슬리 8」 전문)

이 시가 말하고 있는 적과(摘果)는 이 글의 첫머리에서 말한 "조리질"과 다르지 않다. 좋은 과실을 얻고 수목을 보호하기 위하여 부실한 과실을 솎아내는 노동이 "현란한 수사"를 버리는 일에 유비된다. 파지가 쌓이는 과수원은 시를 쓰는 시인의 서실과 닮았다. 고향에서 전개되는 일과 삶은 시인의 현실과 시쓰기에 개입한다. 시인 또한 애써 일상생활과 시쓰기에 고향의 사건을 기입한다. 고향과 도시를 오가면서 시인은 감각을 유지하고 의지를 기르면서 삶의 균형을 회복한다. 시조는 이러한 균형의 형식적 등가물이 아닐까.

시인에게 고향 "지슬리"는 "꿋꿋이 견뎌온 시간"을 지닌 "성역"(「소한-지슬리 13」에서)을 품은 곳이다. 이러한 고향에 비할 때 "도시"는 시인이 선호하는 시적 대상이 되지 못한다. 물론 시인은 고향과 도시, 자연과 문명을 이분법적 대립항으로 단순하게 사유하지 않는다. "센텀시티"와 같은 추상적인 도시의 공간에서도 시인은 풍경을 응시하며 구체적인 감응의 대상을 발견하려 한다.

횡횡 가는 고가도로 눈높이에 맞추어
자벌레 걸음으로 오동나무 달린다
말라서 그을린 얼굴
그대로 달고서

황사가 번져나가 암전은 시작되고
농담을 조절하는 바람과 불빛 사이
오동꽃, 센텀시티에
판막으로 서 있다
(「오버랩」 전문)

시인이 지닌 서정적 비전이 투영된 대상은 "오동꽃"이다. "오동나무"와 "오동꽃"은 "고가도로"에서 "황사"가 번져나는 "센텀시티"의 "판막"에 비유된다. 판막은 혈액의 역류를 막기 위해 심장에 존재하는 막으로써 심장의 수축과 이완에 맞추어 열리거나 닫히며 혈액을 일정한 방향으로 흐르도록 하는 기능을 지녔다. 시인은 도시를 형성하는 모든 사물들이 유기체의 일부라고 생각한다. 도시가 피할 수 없는 삶의 조건이 된 현실을 정직하게 받아들이고 있는 셈이다. "오버랩"이라는 표제 또한 이러한 시각을 반영한다. 시인에게 마음의 원형은 고향이지만 생활세계의 현장은 도시이다. 시인은 이러한 도시를 자신의 시쓰기의 색인에서 배제하지 않는다. 그렇지만 시인의 응시는 대부분 생명을 지닌 사물을 향해 있다.

햇살이 뒷발 들고 수영강을 따른다
잠겨있는 센텀시티 일렁이는 창문마다
숭어가 뛰어 오른다
스타카토로 오른다

지느러미 크게 펴고 부레를 부풀리면
수면은 시퍼런 칼날
떨쳐내는 악몽들
파도도 각을 눕힌다
센텀시티 열린다
(「숭어와 센텀시티 1」 전문)

수영강에 누웠다, 배 드러낸 숭어 떼
침묵하는 물결 위로 왜가리 맴을 돌고
물거품 흰 띠를 둘러
조문이 한창이다

강과 바다 그 경계 넘나들던 산란의 꿈
가라앉은 유리창에 수초인양 부딪힌 날
빌딩들 센텀시티에
조등을 내건다
(「숭어와 센텀시티 2」 전문)

두 편의 연작시에 내재해 있는 시인의 지향은 인공도시와 자연환경의 조화이다. 수영강이 맑아져 숭어떼가 거슬러 오르는 날이 많다. "떨쳐내는 악몽들"이라는 진술이 말하듯이 오염을 줄이고 생명이 숨 쉬는 강이 되기를 바라는 시인의 염원이 절실하다. 그러나 두 번째 연작이 말하듯이 "숭어"의 "산란의 꿈"은 쉽게 깨어지고 만다. 그런데 배를 드러내고 죽은 "숭어 떼"를 바라보는 시인의 시선은 "물거품 흰 띠를" 두른 "조문"이나 "빌딩들"이 내건 "조등"이라는 구절이 말하듯이 지나칠 만큼 낙관적이다. 시인이 지닌 유기적 인식이나 화해의식이 표백된 은유가 아닌가 한다. 시인은 도시를 회피하지 않지만 그 속살을 파고들지 않는다. 그만큼 도시가 시인의 의식을 유인하는 경우가 드물다.

가파른 계단의 끝 속력이 또 흐른다
진시장 후미진 터 바닥에서 밀려나

허공에 엎드린 난전 거미줄을 치고 있다

뽕짝가요 쉴 새 없이 하루를 돌리면
자외선 쏟아지는 만물상의 저 부력
매연이 깔리는 오후 발자국이 부산하다

접었다 다시 펼친 건너지 못한 저쪽
먹이를 기다리다 웅크린 거미처럼
퇴근길 정체된 구간 잡동사니 무겁다
(「육교」 전문)

도시를 바라보는 시인의 시각은 이 시가 말하듯이 조망적 시선에 가깝다. 혼잡하고 부산한 도회의 현실은 자연의 이치에 익숙한 시인에게 무겁게 느껴질 수밖에 없다. 여기서 은유와 수사적 비약은 자제되며 있는 그대로의 서술에 그친다. 그만큼 판단정지를 선택하려 한다. 그러나 자연사물은 시인의 감정적 개입을 이끌어낸다.

플라타너스 잎들이 숨을 멈춘 오후 3시
아파트 화단에 내 침묵이 앉아 있다
그림자, 씨방에 갇혀 여름이 가고 있다

천상의 빗물들이 파편으로 고여서
밑으로 밑으로만 절규하던 저 흡인력
푸르게 물들어가는 노을조차 소리 없다

흙의 눈물 높이 쏘아 축포를 터트려라
창마다 달려있는 눈망울 깜박여라
별빛들 도시를 뚫고 지상에 다시 필 때
(「수국이 필 때」 전문)

이 시는 "아파트 화단"에서 "수국이 필 때"를 노래하고 있다. 앞선 「육교」와 달리 이 시에서 사물을 보는 시인의 응시는 깊다. 시인은 하나의 꽃이 피는 데 모든 사물들이 연결되어 있음을 말하고자 한다. 또한 그 순간의 침묵과 응축되는 기운을 절정의 미학으로 표출하려 한다. 이러한 미학은 꽃이 피는 것을 "축포" 혹은 "별빛들"이라고 은유하는 데서 찾아지고 있다. 종내 시인에게 은유는 가장 익숙한 매혹이다. 은유의 감각은 사물을 서로 연결하고 동일화한다. 가령 「전통 호떡」은 이러한 은유의 효과를 잘 드러낸다. "꾹꾹 누른 말들이 한껏 부풀었다/센텀시티 빌딩사이 오 촉 등 흔들리는데/수화로 건네주는 겨울/보름달 따뜻하다"라는 진술로 구성된 「전통 호떡」은 "말들"과 "오 촉 등"과 "보름달"의 이미지로 연결된다. 지상의 말들이 점점 상승하면서 "보름달"이 되는 것이다. 이로써 시인은 시적 대상인 "전통 호떡"에 대한 애정과 찬사를 가장 효과적으로 표현하게 된다.

햇살의 무게만큼 그늘을 세워보자
혼자 울던 낙동강 개켜놓은 흔적들이
물풀들 등에 업고 서서 여백으로 풀릴 때

바람 되어 그 속을 흐를 수만 있다면
멈춰버린 것들이 언어로 되살아나
고요의 저 가장자리쯤 애기부들 되고프다

물위를 걸어가도 젖지 않는 저녁놀
밀물 같은 격정激情은 아니어도 좋아라
무채색 빛들의 늪에 초록 하나 더한다
(「우포늪에서」 전문)

"우포늪"과 같이 시원의 생명으로 가득 찬 장소는 시인의 의식이 지향하는 바의 동일성을 쉽게 형성한다. 햇살과 강물과 물풀 들이 다 모인 "여백"의 장소인 우포늪에서 시적 화자는 바람과 같은 영감을 얻고 "언어로 되살아나" 완벽한 동화의 자리에 이르고자 한다. "애기부들"이든 그 무엇이든 "초록 하나"가 되기를 염원하는 시적 화자는 가장 작아진 위치에 있다. 그러나 압도적인 대상을 경배한다는 의미의 숭고를 지향하지 않는다. 시인은 대자연의 활동에 동참하는 동일성의 자아를 말하고자 한다. 말할 것도 없이 이러한 동일성은 하나의 이상적인 시적 지평이다. 많은 경우 시인은 자연으로부터 추방된 자아와 직면하지 않을 수 없다. 예를 들어 "구멍 난 골다공증 치유할 수 있다지만/거슬러 올라가는 실핏줄 물길 속에/뽀얀 젖 물리지 못한 일렁이는 내 모습"(「고로쇠 나무 단풍 들다」에서)과 같은 구절에서 시적 화자는 자연 사물을 통하여 존재의 결핍을 인식한다. 이러한 인식은 「연근의 말」에서 "끝끝내 감추어 둔/자궁 속 밀어들/모서리 다 닳도록/결핍을 풀어내면/견뎌낸/소통의 길에/구멍 숭숭 뚫린다"라는 표현으로 변주되기도 한다. 모두 몸을 지닌 인간의 피할 수 없는 의식현상을 표출한 것이 아닌가 한다.

정희경 시인의 시에서 가장 주목되는 시적 목록은 고향의식이나 자연의식이 아니라 일상과 생활에 대한 시적 대응이다. 시인에게 고향의 추억과 귀향의 경험은 서정의 토대라 할 수 있다. 자연사물은 이러한 서정이 어렵지 않게 등가물을 얻을 수 있는 대상이다. 문제는 구체적인 삶이다. 이 대목에서 시인의 존재론적인 고뇌와 만나게 된다. 시인은 "사랑은 울음이다/한 평생/지독한"(「울다」에서)이라고 진술한 바 있다. 또한 "내 절망이 백 개라면 그 중의 한 개쯤은/달력에 기대어서 낡은 틈 채우다가/못다 쓴 회고록으로 핀다"(「분꽃 피는 집」에서)라고 말하기도 한다. 그러나 이러한 자아의 문제는 주된 시적 지평으로 부각되지 않는다. 자아는 뚜렷한 개입을 멈추고 일상의 풍경과 사물의 배후에 자리하게 된다.

잘려진 풀끝은 냄새로 먼저 온다
허공에 몸을 비벼 소리로 달려온다
진물이 뚝뚝 불거진 그 초록 아리도록

혼자서는 아물지 않는 비릿한 저 상처
벼랑 끝에 서 있는 물길을 잡는 손들
땅 속을 관통하는 길 힘껏 끌어 당긴다

햇살이 흔적을 말린다, 남김없이
바람이 비운 자리 새 순 하나 올라와
지구의 자전을 따라 말없이 돌 것이다

(「풀밭에서」 전문)

공감각이 돋보이는 이 시가 말하고자 하는 화제는 "상처"와 회복이다. 그러나 "풀밭에서" 전개되는 생명현상일 뿐 자아는 단지 관찰자의 위치에 있다. "새 순 하나"라는 생명의 의지는 "지구의 자전"이라는 질서 속에 신속하게 포함되어 버린다. 이처럼 개별 생명의 구체적인 모습은 순환하는 자연세계로 편입되고 만다. 이러한 현상은 시적 자아가 개입하고 있는 「봄날 보리밭」에서도 반복된다. "말랑한 햇살 펴고 일어나 펄럭여라/쓰러지면 함께 누워 어깨 맞댄 깃발들/마침내 무릎을 세워/걷는 소리 또 보인다"(「봄날 보리밭」에서). 어쩌면 시인은 존재의 기입을 최소화하는 시적 전략을 구사하고 있는 것은 아닐까? "어디 너뿐이랴, 눈물을 감추는 이/홀쭉한 몸을 데워 마지막 남은 힘/때 되면 싹을 올린다/헛발질은/없다, 없다"(「입춘 -지슬리 10」에서). 시인의 낙관주의는 유기체의 생명현상으로 귀착한다. 많은 시에서 시인은 인간현상을 자연현상의 은유로 그려낸다. 시는 은유의 박물관이다. 그러므로 은유의 매혹에서 벗어나는 것도 개성적인 시적 과정이 될 수 있다.

정희경 시인의 시조는 생의 감각과 은유가 안정된 미적 균형을 형성한다. 시적 자아가 지닌 존재의 표정은 풍경의 배후에서 동일성을 얻고 있다. 빈번한 은유가 시적 긴장을 약화시키는 경우도 없지 않지만, 자연 현상을 통하여 자아와 인간을 해석하려는 그녀의 시적 성취가 주목된다. 또한 자아와 사물의 병치를 넘어서 구체적인 서술에 이르려는 시적 모험 또한 진지한 바 있다. 가령 「늙은 집」은 서술이 주된 시적 흐름이 되었다.

낙서도 다 지워진 헐거운 담벼락에
온종일 햇살만이 그림자놀이 하다 간다
묵직한 청동사자 손잡이 큰 입만 벌린 채

담의 끝은 언제나 닫혀있고 갇혀있다
꺼내 볼 목록들은 하루가 또 늙는다
초인종 길게 누르면 화들짝 깨어날 듯

달그림자 어룽진 창 오늘도 공복이다
내 키보다 빨리 달린 목련 가지 흰 울음
대문은 늦은 전갈에 답장을 서두른다
(「늙은 집」 전문)

자연스러운 시적 전개와 더불어 이미지들이 만드는 분위

기가 공감을 불러일으킨다. 특히 "내 키보다 빨리 달린 목련 가지 흰 울음"에 이르러 시적 감동은 증폭된다. 자아의 이입이 자연스럽기 때문이다. 이 시를 통하여 시인은 성급한 은유적 통합을 제어하면서 생의 감각을 구체적인 이미지로 서술하는 성취를 보여주고 있다. 시조 형식의 안정을 조심스럽게 흔들면서 존재론적 고뇌가 구체적인 과정의 언어를 얻을 때 정희경 시인의 시세계는 새로운 지평으로 나아갈 것이라 생각한다.

사랑이라는 긴장된 관계

—강영환의 『남해』

강영환 시인이 첫선을 보인 시조 「南海」(1980년 『동아일보』 신춘문예 당선작)는 절창이다. 연시조 양식을 통하여 남해의 생동하는 모습과 그에 상응하는 내면 풍경과 사람들의 삶을 살아있는 율동으로 그려내고 있는데, 그는 이 시조를 통하여 시조 양식의 새로운 가능성을 표출한 것으로 보인다. 단시조가 가지는 안정성을 어느 정도 허무는 가운데 연시조 양식을 통해 남해 바다의 여러 구비 파도와 같이 생동하는 양식을 창출한다. 따라서 각 연은 연대로 차이를 나타내면서 하나의 전체로 이어져 조화를 만든다. 마치 살아있는 생명체와 사물들 그리고 그 속에서 살아가는 사람들이 이루는 조화와 같다. 「南海」는 기존의 양식을 터전 삼아 생성된 새로운 양식이다. 이것은 삶과 죽음이 함께하는 모든 생명의 역설과 같이 하나의 형식을 얻었는데, 또 다른 장형 연시조「다도해」로 변주되기도 한다.

이처럼 강영환이 시조쓰기를 통하여 얻는 의의는 전통을 일구어 이를 삶의 활력으로 전환시키는 데 있다. 따라서 그에게 시조는 현실로부터의 퇴각이거나 고루한 과거에의 집착이 아니다. 이보다 존재의 터전을 분명히 하면서 삶의 가능성을 찾아가는 과정을 표상한다.「책머리에」에서 그는 다음처럼 말한다.

> 1987년 6월 항쟁이 지속적으로 펼쳐질 때 나는 시조집『북창을 열며』를 상재했다. 그 때는 시조가 우리 현실에 무슨 소용이 있을까하는 회의에 빠진 때였다. 현실의 어떠한 변혁에도 기여하지 못하는 문학일 바에는 쓰지 않는 것이 낫지 않겠느냐는 소박한 생각을 가졌다. 결국 우리 삶을 지속시킬 수 있는 에네르기는 멀리 있는 것이 아니고 우리 곁에 있는 정감임을 알았고 그것만이 시를 살아있게 하는 힘이라는 것을 알았다.
>
> 살아 있음의 아름다움이다. 사람과의 만남 혹은 사물과의 만남, 그 따뜻함을 사랑으로 간직하려 한다. 그러나 아직은 미완이기에 좀 더 많은 시간을 걸어야 할까 보다. 형식의 틀

에 갇힘으로서 더욱 자유로워질 의미 꿈꾸기가 마음대로 되지 않는다. 물 흐르듯 쓰지 못하고 의도성이 자꾸 배어난다. 그럴 때 느끼는 낭패감이 매번 새로운 시작을 가져다준다.

이러한 자서(自序)에서 강영환의 시조시학의 대략적인 윤곽을 찾기 어렵지 않다. 먼저 6월 항쟁의 와중에 그가 시조집 『북창을 열며』를 발간한 사실을 상기할 수 있는데 이를 두고 그가 현실을 외면하였다고 말하는 것은 단견이다. 오히려 이것은 하나의 역설이다. 최루탄 자욱한 거리를 두고 그가 북창을 열어 젖힌 까닭이 무엇일까. 북창은 공부하는 선비들이 머리를 맑게 하기 위해 눈을 두는 곳에 존재한 것이니 어려운 세월 속에서 마음을 다잡자는 각오가 시조 쓰기로 이어졌다고 보아야 한다. 이러한 점에서 강영환에게 시조는 소극적인 피난처가 아니라 삶을 지켜 나가게 하는 보루가 된다. 그렇지만 여기서 삶의 지킴이라는 규정을 지나치게 심각하게 생각할 것은 없다. 그는 이러한 심각한 의미 부여보다 인간됨의 근본을 유지하면서 이를 사람살이에서 실천한다는 데 주안점을 둔다. 그에게 시조가 필요한 것은 바로 '살아있음의 아름다움'을 그려내는 데 적합했기 때문이다. 시조 양식은 절제이면서 자유이다. 알다시피 자유와 절제는 모순 관계에 있다. 그러나 자유 속의 절제와 절제 속의 자유라는 개념은 충분히 성립된다. 절제가 과도한 자유로움이 가져올 파탄을 막는다면 자유는 지나친 절제가 만들어내는 무미건조함을 경계한다. 이래서 그의 시조는 긴장의 미학을 잃지 않는다. 앞서 말한 유월 항쟁과 시조쓰기의 공존과 같이 열정과 냉정이 함께 한다. 강영환은 이러한 시조학을 통하여 시조를 쓰며 삶을 산다. 그래서 '매번 새로운 시작'을 거듭한다. 여기서 시작(詩作)은 시작(始作)이다.

1)움직이는 섬이 있다
잡아도 흘러간다

가만히 앉아서
물때만 바라봐도

내 안에 흐르는 섬
견고하게 서 있다

2)누군가 그 곳에서
벼랑 끝을 오른다

그물을 둘쳐 메고

하늘 가까이 이른다

절정은
돌섬과 함께
흔들리며 떠난다
(「돌섬」 전문)

얼핏 읽어 해석이 되지 않는 난해함을 지닌 시조이다. 시조로부터 난해함에 직면한다는 것은 당혹스럽다. 대부분의 시조가 단순함을 지향한다는 점을 상기할 때 복잡성은 가독성을 낮춘다. 그러나 상식을 위반하는 복잡성이 문제적이다. 인용한 시조가 그렇다. 첫 연에 해당하는 1)을 읽으면서 바로 모순에 직면한다. 그것은 흐르는 섬과 견고한 섬이 동일하다는 사실에서 생긴다. 이를 두고 재빠르게 시적 주체 밖의 섬과 주체 안의 섬이라고 단정지을 수도 있다. 그러나 주체 밖의 대상은 실제로 흐르는 섬이 아니다. 흐르는 것은 물일 뿐이므로 흐르는 섬은 주관에 비친 섬에 불과하다. 그렇다면 흐르는 것이나 견고한 것은 모두 주체의 내부에서 일어나는 현상이다. 그런데 2)에 이르러 타자의 등장으로 새로운 관계가 형성된다. 섬과 주체 사이를 개입한 타자는 그의 입장에서 섬을 인식하고 소유하려 한다. 그래서 주체-

섬-타자의 삼각관계가 형성되는 것이다. 1)에서 흐르는 섬은 흐르지만 주체 안에서 흐르는 것이므로 견고한 섬이다. 그러나 2)에서 섬은 더 이상 흐르면서 견고할 수 없다. 타자의 개입으로 섬의 위상이 달라진다. 이러한 점에서 2)의 종장에서 말하는 '절정'이 의미심장하다. 섬을 둘러싸고 주체와 타자가 만드는 긴장된 관계를 말하고 있다. 그런데 종장의 집약된 의미를 통해 시적 화자가 말하는 것은 떠남이다. 절정과 함께 떠나는 섬! 아니 절정과 함께 떠나보내는 섬이라 해야 옳다. 그렇다면 이 시조가 말하고자 하는 바가 어느 정도 짐작된다. 그것은 한 마디로 공존의 윤리/미학이라 할 수 있다. 공존은 현실 세계의 논리가 아니다. 현실은 타자의 복속으로 동일성을 이루려는 변증법의 세계이다. 그러나 시인은 주관 혹은 주체를 버림으로써 타자를 살리고 자신을 지킨다.

샘이 있다
넘쳐나는 샘이 낳은 실개울
벌판을 질러가며
한 가람을 기른다
이윽고 키 큰 바다가
수평 끝에 서있다

샘이 가서 살아 있는

무인도 그늘마다

속 깊은 사랑 이는 날개 접어

잦아들고

끌 코를 물 구비 위에서

벽수 넘는 강영환

(「바다를 낳고」 전문)

시 속에 시인의 실명이 등장하고 있어 시인의 태도를 이해하기에 적합한 이 시조는 강영환이 앞에서 제시한 공존의 윤리가 어디에 기인하는가를 잘 말해준다. 바로 생명의 공생공존이라는 개념에 닿아 있다. 모든 생명이 함께하는 온 생명의 세계에서 시인도 그 생명으로 살아가는 하나의 생명체라는 것이다. 이러한 생명적 관점에 설 때 삶에 대한 낙천적인 태도는 당연하다. 둘째 연에서 보이는 웃음의 미학은 이러한 생명에의 낙관에 연유한다고 보아도 무방하다. 이처럼 생명은 낙관적 본성을 지녔다고 할 수 있는데 어느 철학자는 이러한 생명의 본성을 사랑이라고 명명하기도 하였다. 인용시에서 강영환이 말하고 있는 사랑 또한 이와 다르지 않다.

버리며 사는 것이
바위처럼 무겁다

조그만 이슬에도
맑은 세상 비치느니

탁류는 이 몸을 싣고 가
어느 곳에 부릴까
(「버리며 사는 것이」 전문)

그러나 낙관적인 생명의 비전은 쉽게 관철되지 않는다. 인간은 욕망의 존재이기 때문이다. 인용시가 말하고 있듯이 '버리며 사는 것이/바위처럼 무겁다.' 시인은 그 어려운 일을 감내하고자 한다. 그럴 때 '조그만 이슬에도/맑은 세상' 비치기 때문이다. 반전은 거듭된다. 산다는 것은 맑은 이슬이 아니라 탁류에 휩쓸려 가는 것이므로. 마땅히 생명에 대한 낙관주의는 곧 인간에 대한 비관주의와 만나게 된다. 인간에 대한 회의의 반복으로 인간과 분리된 자연이라는 영역이 시인의 관심에 대두하는 것은 맑음을 지향하는 시인에게 피할 수 없는 일이다. 강영환은 이와 같은 대상으로서의 자연이라는 개념에 몰입하지 않는다. 그는 무인도를 노래하는 경우에서도 사람의 흔적을 찾는다.

어제는 바다가 밖으로 흐르더니
오늘은 내 안으로
큰물져 돌아 와
앙가슴 맺힌 못으로
돌섬 하나 심는다

갈라진 틈바구니에
목청 좋은 새를 길러
숨죽인 바다에 비늘 돋는 밤이면
구성진 가락을 뽑아
어로선을 부른다

뭍으로만 달리던 구름이 걸리고
새들은 높이 날아
슬하를 떠나 갈 때
목 넘어 울먹이던 섬
낙조 속에 잠긴다
(「무인도는 새들을 키운다」 전문)

무인도를 '앙가슴 맺힌 못'으로 은유한 데서 그렇듯이, 새들을 길러 어로선을 향하여 구성진 노래를 부르게 하는 무인도는 벌써 무인도가 아니다. 강영환에게 자연은 인간의 저편에 존재하는 타자가 아니다. 그렇다고 그가 자연을 순전히 인간의 관점에서 인식한다는 것도 아니다. 자연과의 끊임없는 교감이야말로 강영환의 자연관을 말하기에 족하다. 자연을 통하여 인간을 바라보고 인간으로서 자연을 인식하는 교감과 조응의 지평에서 생명에 대한 사랑과 인간에 대한 사랑이 분리되지 않는다. 그의 시세계에서 이웃은 변함없는 테마가 된다.

불을 못 끈 이웃이
창을 열고
먼 바다 안부에
가슴이 죄어 든다

돌풍은
벼랑 끝에서
남의 애를 태운다
(「이웃」 전문)

이 시에서 이웃은 시적 자아가 객관적으로 그려내는 대상이 아니다. 그저 객관적인 시선에 비치는 이웃이 아니라 서로 교감하고 감응하는 관계에 있는 이웃이다. 이것은 인용 시에서 불을 못 끈 이웃을 보는 시적 자아 또한 잠들지 못하고 있다는 사실에서 알 수 있다. 종장에서 말하는 '남의 애'는 이웃의 '애'도 되지만 나의 '애'도 된다. 이처럼 강영환의 시선은 성급한 초월을 지향하지 않는다. 그는 자연과 이웃이라는 두 대상을 수평적인 연관에서 관계 맺으려 한다. 모든 생명들이 온 생명으로 연결되듯이 생명체인 인간 또한 관계론의 지평 안에 있다. 그에게 이러한 관계론을 지탱하는 가장 큰 원리는 거듭 말하자면 사랑이다.

이웃이 떠나간 뒤 빈터가 열린다 아이들 놀다 간 어수선한 마음자리 밤이면 꿈자리 별이 사나웁게 뒹군다

이웃과 함께 지낸 긴 밤은 지나가고 서로의 생채기를 나누어 위무할 때 새벽은 몰래 와서 나팔꽃을 피운다

그러나 이 밝은 아침 이웃은 떠나 간다 황급한 짐들을 마저 챙기지 못하고 쫓기듯 여윈 그림자를 구겨 놓고 떠났다

> 빈터는 말없이 가랑잎처럼 뒹군다 어디서나 발에 밟혀 부스러지기 일쑤이고 사람과 사람 사이에 벽과 함께 앉는다
>
> (「빈터」 전문)

이처럼 이웃에 대한 시인의 사랑은 강렬하다. 그 사랑이 실현될 때 꽃이 피고 그 사랑이 좌절될 때 가랑잎이 부스러지고 벽이 형성된다. 이웃에 대한 시인의 태도는 자연에 대한 그것처럼 상관적이다. 강영환은 자칫 시조가 빠지게 되는 고답에서 놓여난다. 아래로 초월하는 선택을 결행하지 않는다는 점에서 시조 양식이 해체되지도 않는다. 시조는 그가 견지한 균형감각의 등가물이다. 그는 중용의 미덕을 지키려 한다. 말할 것도 없이 대립과 갈등이 첨예화되기 쉬운 현대의 삶에서 중용이 우유부단함을 미화하는 담론으로 활용될 소지는 충분하다. 그의 시어들이 명료하듯이 그는 중용을 우유부단함의 장식으로 만들지 않는다. 그의 중용에는 조화를 이루려는 부단한 노력이 숨어 있다. 이것은 의지가 만드는 긴장을 놓치지 않는다. 가령 다음과 같은 병치의 미학은 강영환의 중용적 세계관이 만든 독특한 시문법이라 할 수 있다.

자주 오르다 보면 하늘에 이르러

잘 못 디뎌 천장에 구멍내고 슬레이트 지붕 다치게 할지라도 플라스틱 용마루 풍화시키는 미세한 바람은 얼굴을 깎아내지 못한다 지붕 곳곳에 널려있는 쥐똥 속으로 빗물이 스며 내실 깊은 곳까지 적시게 하는 작은 구멍, 작은 틈을 찾아 눈 부라려 본다 아무도 떨지 않는다 성과 없이 돌아 설 때 늘어진 티뷔 안테나 철사줄이 홀로 운다 삭은 못대가리 일으켜 세운 뒤 팽팽하게 달래준다 더욱 높은 음으로 울어 포기하고 돌아서 더 손 볼 곳 없는지 두리번거리는 동안 하루해가 산그늘을 풀어 매일 노는 사내를 숨긴다 그때다 누가 보았을까

하늘은 어둠 속에서 개발새발 기었다

(「지붕 위에서」 전문)

초장과 종장의 반전적 병치를 생각하게 하는 사설시조이다. '자주 오르다 보면 하늘에 이르러'에서 '하늘은 어둠 속에서 개발새발 기었다'로의 전환이 예사롭지 않다. 중장의 복잡한 사유 없이 이러한 전환은 불가능하다. 비가 새는 집에 사는 이에게 하늘은 원망의 대상이기도 하지만 지상으로부터의 초월을 말하는 강력한 상징이 되기도 한다. 슬레이트 지붕을 보수하려고 하루해를 다 보내야 하는 이에게

삶의 고단함은 이루 말할 수 없다. 시선이 바뀌는 순간 어둠 속에서 하늘은 지상의 바닥을 기고 있게 된다. 시선이 인식이라면 시선의 전환은 곧 인식의 전환이다. 물론 이러한 전환을 허무라고 말하기도 쉬울 것이다. 그러나 인용시가 말하고자 하는 것은 허무가 아니다. 시적 자아가 '매일 노는 사내'가 아니기 때문이다. 그는 매일 노는 사내와 다르게 욕구를 지닌 존재이다. 시선의 전환은 이러한 욕구의 전환을 의미한다. 이 시는 어떤 의미에서 더불어 산다는 것이야말로 진정한 초월이 아닌가, 라고 말하고 있다.

강영환의 시쓰기는 자아와 타자, 자연과 인간, 나와 이웃 간에 형성되는 관계론적 긴장에서 지속된다. 그는 자연과 이웃과 타자를 대상화하지 않는다. 그들과의 끊임없는 교감이야말로 그가 세운 미학의 척도이다. 그렇기 때문에 앞에서 말했듯이 그는 잘 사는 것이 잘 쓰는 것이라고 생각한다. 그에게 모든 타자들은 그의 흔적이며 그는 모든 타자들의 흔적이다. 타자를 인정하고 자기를 조절하는 사랑이 진정한 사랑이라면, 강영환은 사랑이라는 긴장된 관계를 지향한다. 그는 자신의 갈망을 허무로 바꾸지 않으며 그것으로 타자가 훼손되지 않도록 염려한다. 그 염려하는 마음은 그러나 쉽게 타자로부터 도피라는 소극적 태도를 선택하지 않는다. 늘 타자를 바로 보고 그를 아름답게 만들고자 노력하는 것이다. 이러한 노력 속에서 다음처럼 아름다운 시가 탄생한다.

> 단잠이 내린다 형들의 나라에
> 늦도록 팔뚝을 걷어 부친 형들의 장작 패는 소리에 밀리어
> 저 만치서 조심스럽게 풀밭 위를 걸어가는 애인의 발걸음
> 남몰래 낯익은 얼굴 유리창을 닦는다
> (「가랑비」 전문)

본디 감각의 세계

—서일옥의 동시조집

동시와 시조의 만남은 서일옥 시인이 처음 시도한 일이 아닌가 한다. 이는 전통적인 양식을 보존하면서 그 독자를 확장하려는 의도의 산물이다. 그럼에도 시조의 발생론적인 토대가 문사 계급이라는 점에서 어린이의 감정양식으로 전유하려는 의도는 획기적이다. 동시는 쓰는 이를 기준으로 두 부류로 나뉜다. 어린이가 자신의 감정과 마음을 표현하는 경우와 어른이 동심의 세계를 상상하는 경우. 어린이와 어른이 공유하는 장르가 동시와 동화이다. 그런데 구전 동화를 위시하여 창작 동화와 동시는 대부분 어른들의 창작이다. 어른에 의해 상상된 어린이의 세계가 그려져 있다. 언어 능력이 부족한 어린이들이 멋진 동시를 쓰긴 어렵다. 그렇다고 어른이 어린이의 세계를 그대로 이해할 수도 없다. 동시와 동화는 어른의 기억을 바탕으로 만들어진, 어린이의 있을 수 있는 이야기를 내용으로 한다. 그러므로 이것은 어른과 어린이가 만나 대화하는 문학의 공간이라 할 수 있다. 서일옥이 추구하는 동시조(童時調)는 전통 양식을 공유하면서 어린이의 세계에 가닿으려는 개성적인 노력의 산물이다.

서일옥의 동시조에서 시적 발상의 기저를 형성하는 것은 유년의 체험이다. 의식이 미분화된 유년의 기억으로 되돌아감으로써 내면의 순수공간을 확인하고 나아가 어린이의 심정에 이르려 한다. 유년이 서정의 본질로 찬미되는 것은 그것이 지닌 순수함 때문이다. 순수함이 나르시시즘을 이겨내는 장소가 유년이다. 시인은 유년을 향한 시선을 통하여 어린이와 본디 세계를 향한 시적 확장을 도모한다. 이것이 서일옥의 동시조가 보이는 시법이다.

굴렁쇠 굴리던 넓디넓은 마당도
방패연에 실을 매던 키 큰 당산나무도
물속에 그냥 그대로
아직 남아 있는지

구슬치기 하다가 잃어버린 꽃구슬도

대나무 숲에 숨겨 둔 순희 신발 한 짝도
물속에 그냥 그대로
아직 남아 있는지

물잠자리 한 마리
여기 기웃 저기 기웃

예전에 놀던 꽃밭
찾을 길이 없어서

파아란
잔물결 위로
종일 날아 다녀요
(「합천댐」 전문)

유년의 공간은 이 시가 말하듯이 수몰된 마을과 같다. 먼 기억들은 시간의 퇴적을 견디지 못하고 두터운 지층 아래에 묻힌다. 시적 자아는 지층 아래 숨겨진 기억의 흔적을 찾아간다. 거기에 소중한 가치와 순수한 의미가 내재해 있기 때문이다. 어린 시절 뛰어놀던 "마당"이나 마을을 내려다보는 "당산나무"는 기억 저편의 원초적 풍경으로 자리하고 있다. 어린 친구들과 놀다 잃어버린 "꽂구슬"이나 숨겨놓은 "신발 한 짝"도 마찬가지다. 시인은 호수의 수면 아래 깊숙이 가라앉은 장소의 혼을 일깨운다. 여기서 수면은 자아를 비추는 거울과 같은 기능을 한다. 거울이 비추는 "나"는 직립 허상이다. 사회적 사아가 이와 같다. 유년을 지향하는 일은 이러한 사회적 자아의 가면을 벗고 본래의 자아를 대면하려는 것이다. 시 속의 "물잠자리"와 같이 "여기 기웃 저기 기웃" 서성이며 고요한 물결 속에서 빛나는 형상과 만나고자 한다. 이는 「손거울」이 전하는 내용과도 상통한다. "거꾸로 집어들고/가만히 본 손거울//잊혀진 온갖 얘기/이속에 들어있네"(「손거울」에서). 이처럼 거울은 기억 저편으로 가는 자아의 통로이지만, 그 길은 "거꾸로" 볼 때 열린다. "거꾸로 보면 볼수록/옛날 얘기 또렷 또렷"이라는 이 시의 마지막 구절이 진술하듯 거울을 뒤집는 행위는 단순한 놀이가 아니라 현실 혹은 경험적 자아의 이면에 도사린 유년의 지평으로 나아가는 과정을 의미한다.

서일옥은 이 시집에서 전반적으로 동시를 의도하고 있지만 시적 화자가 어른인 경우가 적지 않다. 물론 동시를 어린이 화자로 엄격하게 한정할 수는 없으며 이를 두고 논란하는 것은 어리석은 일이다. 그보다 유년을 향한 시인의 지향의식이 과도기적 화자로 나타나는 현상이 주목된다. 가령

「가을정원」은 선생님의 시점에서 아이들이 맞는 가을의 "열매"를 노래하고 있다. 「꽃샘추위」 또한 "경칩이 오늘인데/약속을 어겼다고"와 같은 구절에서 아이의 마음을 전하는 어른의 어조를 읽을 수 있다. 아이의 심정에 투사하려는 화자의 태도는 「주남저수지」와 같은 시에서 잘 나타난다. 저수지를 "하늘이 펼쳐 놓은/파아란 전지 한 장"이라고 표현한 첫머리와 "여기는 물 위의 천국/선생님도 숙제도 없는"이라고 표현한 끝머리에서 아이에 투사된 화자의 목소리를 만나게 된다. 이처럼 시인이 곧장 어린이의 페르소나를 획득하는 것은 아니다. 먼저 시조형식에 동심을 담는 과정이 있고 다음으로 동시의 방법이 더해져야 한다. 시조형식이 지닌 기본 틀은 한국어의 어절(혹은 시조의 음보)이 대개 3자 혹은 4자로 되어 있다는 특성에 의해 비교적 쉽게 해소된다. 하지만 기승전결이나 선경후정 등과 같은 내적 형식을 어린이 시조의 선결 조건으로 보긴 어렵다. 그만한 미학적 장치를 강요할 내용이 아니다. 이러한 점에서 의인화는 시인이 선호하는 방법이다. 물활론이 지배하는 아이들의 의식을 그려내기에 수월한 탓이다.

까불대는 나무는
조용해라 타이르고

밤낮을 울어대는
매미는 다독이며

달빛은 조회대 위에서
훈화를 시작한다.

잃어버린 축구공은
주인이 찾아가고
망가진 자전거는
고쳐 다시 타라고

달빛이 조곤조곤히
일러주는 한 밤중.
(「달빛 조회」 전문)

이 시조의 주인공은 "달빛"이다. 아이들이 떠난 운동장의 풍경과 그 속의 사연들을 "달빛"이 전개하는 "조회"로 표현한다. 이를 통해 "달빛"이 따스한 보살핌의 이미지로 부각되고 있다. 이처럼 자연 사물을 의인화하는 방법은 「친구가 되려면」에서 "좋은 친구 되려면/먼저 손을 내밀고//좋은 친구 되려면/먼저 마음 열고서//허물도 감싸라는 말/파도가 일러 준다"와 같은 진술에서 잘 나타난다. 그러나 이러한 의인화의 방법은 시적 효과가 크지 않다. 화자의 진술을 사물이 대신하는 데 그치고 있기 때문이다. 우화(fable)처럼 사물의 특성이 의인화의 조건이 되어야 한다. 의인화의 단순성을 넘어서 시인이 선호하는 방법은 형태의 변주이다. 시조의 각장을 2행 이상으로 나누는 등 행갈이를 통해 다양한 형태를 연출하고 있다.

할머니 옛이야기
하늘에서
내려온다.

외로운 아이에겐
더욱 더욱
사락
사락

온 세상 프리즘으로
무지개를 걸었다.
(「눈 오는 날」 전문)

이 시의 묘미는 먼저 "눈"을 "할머니 옛이야기"에 비유하고 있는 데서 찾아진다. 그리고 눈 내리는 과정이 행갈이 된 의성어와 함께 서술되고 마지막 종장에서 "온 세상 프리즘"으로 비약된다. 형태 실험이 형태시의 양상으로 발전한 시가 「봄, 봄」이다. 이 시는 행갈이를 형태적으로 변주하여 파격을 도모한다.

조그맣게 부르는
노랫소리 나길래
살금
살금
 가만
  가만
달려가 본 울타리에
샛노란 개나리꽃이
봄을 팔고 있네요.
(「봄, 봄」 부분)

이 시는 자연사물과 접하는 아이의 시선을 효과적으로 그리기 위하여 형태의 변주를 시도하고 있다. 앞서 말한 의인화와 의태어를 활용한 은유를 포함하여 다양한 수사의 장치를 도입한다. 모두 동시의 담론적 특성을 잘 드러내기 위한 노력이다. 시조라는 관점에서 가장 파격은 다음과 같은 예이다.

닷새 만에 선 장날
엄마 따라 첫 나들이

알록달록 운동화 갖고 싶은 손가방. 싸구려 아저씨 목청 높여 불러대고, 달보레한 솜사탕에 한입 가득 고인 침. 까만 눈 동글동글 귀여운 곰인형이 같이 따라 오려고 손 내미는데, 엄마는 내 마음 모르시는지, 호미 한 자루 달랑 사고는

"빨리 가! 해 지우겠다"

애꿎은 손목만 잡아 당긴다
(「장날」 전문)

"장날"의 정경과 "운동화" "손가방" "솜사탕" "곰인형" 등 여러 사물을 갖고 싶어 하는 아이의 마음이 형식의 변주로 잘 배어나고 있다. 「장날」은 시의 내용이 형식의 새로움을 자연스럽게 이끈 예가 아닌가 한다. 그런데 형식의 문제보

다 서일옥 시조의 진면은 비유와 감각에 있다. 시를 떠받치는 두 축이 은유와 리듬이라고 할 때 서일옥의 시에서 후자는 시조라는 형식으로 이미 이월되어 있다. 따라서 다양한 변주를 통하여 시조의 형식적 제약을 넘어선 동시를 창출하고 있는 것이다. 은유는 앞서 말한 의인화를 포함한다. 의성어와 의태어 등도 은유다. 어린이의 직접적인 느낌은 먼저 직유로 이끌리고 은유로 상승한다.

'쨍그랑'

소리날 것 같은

마알간 유리컵 같은

보드레한 아가 뺨 같은

손구락으로 찌르고픈

하늘은

가지고 싶은

퐁퐁 튀는 고무공.

(「하늘」 전문)

이처럼 이 시는 세 겹의 직유를 건너 은유에 이른다. "소리 날 것" "유리컵" "아가 뺨"이라는 "하늘"에 대한 직접적인 비유가 "퐁퐁 튀는 고무공"으로 귀결되고 있다. 이미지와 비유는 감각의 산물이다. 이 시에서 청각과 시각과 촉각은 공감각으로 만난다. 그런데 본래 감각은 공감각이다. 모든 감각은 부피와 면적을 가진다. 그렇기 때문에 서로 따로 분리되지 않는다. "뎅그렁/너그러운 손길/아! 사랑의 꽃여울"(「종소리」에서). 이와 같이 "종소리"는 너그러운 손길의 촉감으로 "사랑의 꽃여울"로 퍼져 나간다. 유년으로 회귀하고 동심에 귀의하는 일은 달리 본디 감각을 회복하려는 노력과 연관된다. 「옛날 그때 그대로」가 말하는 "고향"은 또한 "옛날 그대 그대로"의 감각공간이다. 이는 본디 빛깔과 소리가 한데 어우러진 유기적 공간이다. 본디 감각은 「산골 아이」에서 "산속에 사는 아인/바알가니 예쁜 볼,//산수유. 까치밥, 진달래 닮아서//맘까지/그 빛깔 스며/그리 곱게 되었지//산속에 사는 아인/파아란 유리구슬,//높은 하늘, 푸른산, 풀꽃 품에 안겨서//날마다/그 빛깔 스며/그리 맑게 되었지."라고 표현된다. 이처럼 순수한 감각의 세계는 서일옥의 시가 지향하는 궁극적인 관심이다. 그리고 이러한 관심의 지평에서 사물들의 관계가 시적 형상을 그려진다. 「산골 아이」는 시인의 시세계에서 하나의 끝 간 지점이다. 고향이며 유년 그리고 어린이의 세계에서 일상성은 배제할 수 없다. 일상과 관계의 지평이 사라질 때, 시는 반인간주의로 기울어진다. 그러나 서일옥의 시는 생명에 대한 근본적인 사랑을 지향한다. 이런 가운데 다음과 같이 어린 연인들의 아름다운 이야기가 자리하고 있다.

튀밥같이 보오얀
탱자꽃이 피던 날

소꿉동무 분이네가
이사를 간다네.

내가 준
각시 인형을
허리에 매단 채

눈물 그렁 고인 눈에

말없이 나눈 인사

덜컹대는 트럭 타고
산모랭이 넘어 간다.

떨어진
운동화 한 짝
약속처럼 남겨 둔 채.
(「이사 가는 날」 전문)

거듭 말하지만 유년의 가치는 의식이 미분화된 시기의 순수함에 있다. 그리고 이러한 순수함이 삶을 반성하게 하고 세상의 이치를 궁구하는 힘이 되는 데 의의가 있다. 물론 모든 유년이 아름답고 동심이 천사 같다는 것은 아니다. 인용한 시처럼 유년의 세계에도 이별이 있고 슬픔도 있다. 더한 고통이 존재한 자리가 유년일 가능성도 많다. 그래서 시인 또한 "외로운 아이"에 대한 심정이 각별하다. 유년에 대한 꿈이 편협한 자기애로 귀결되지 않는 것은 바로 이와 같이 타자의 고통을 이해하는 과정이 되기 때문이다. 원초적인 순수함의 경험이 자기중심의 사유를 넘어서 공감하는 능력을 확대하는 것이다. 동시가 지향하는 바도 이처럼 타자를 향한 사랑에 있다. 서일옥이 시조 형식의 동시를 쓰는 까닭도 이것이 지니는 파급력에 있을 것이라 생각한다. 본디 감각의 순수한 시적 지평은 사물과 사람에 대한 무한한 사랑으로 열려 있다.